メディアワークス文庫

私はただの侍女ですので
ひっそり暮らしたいのに、騎士王様が逃がしてくれません

日之影ソラ

JN047767

目　次

プロローグ

才能に価値なんてない。

「行き過ぎた才能は身を亡《ほろ》ぼすわ」

地位に優劣なんてない。

「高くとも低くとも、同じ人間の最後は決まっている……」

力に意味なんてない。

「どれだけ強くても、運命には逆らえないのね」

そう。強く気高く美しい。そんな女王であっても、最期の瞬間はあっけない。

私は尽くしてきた。国のため、人々の暮らしを守るために。

悪《あ》しき王だと呼ばれても、これが私の役割だからと割り切って、最期まで悪役を演じてきた。

きっといつか、報われると信じて。

けれど結局……。

「最期まで……一人だったわね」

圧政に対する報復だ。斬り捨てた者たちが結託し、王に牙をむいた。

そこまでは想定内だった。想定外なのは、味方であるはずの者たちまでそれに加担していたことだ。

志を共にしたはずなのに。結局私は、ずっと一人で頑張ってきたらしい。

燃え盛る部屋の中、薄れゆく意識で思う。

「ああ……今度は……」

もしも次の生があるのだとしたら……私は女王になんてならない。

力はいらない。地位もいらない。才能なんて一つもなくていい。

どうか、どうか――

「普通に生きて、普通に……死にたい」

こうして、悪しき女王は短い生涯を終えた。

それから千年――

◇◇◇

「ちょっと、この服は交換しなさい」

「お気に召しませんでしたか？」

「ええ、まったく気分じゃないわ。別の物に変えなさい」

「かしこまりました」

朝から不機嫌なお嬢様に言われ、別のドレスに交換する。派手目のデザインが気に入らなかったのだろうか。

少し地味なほうのドレスを用意する。

「こちらでいかがでしょうか」

「いいわけないじゃない！　わかってないわねぇ、今日の私はピンクがいいのよ」

「……そうでしたか。まことに失礼いたしました。すぐに用意いたします」

「もう、今日も変わらず無能ね、この愚妹は」

用意した新しいドレスに着せ替えている最中も、お嬢様は悪態をついている。私は最初に一度だけ謝って、それからは無言で着替えさせた。

「終わったなら出ていって」

「はい」

「呼んだらすぐに来なさい。少しでも遅れたらお仕置きよ」

「かしこまりました」

深々と頭を下げて部屋を出る。

ガチャリと扉を閉めて、周りに人の眼《め》がないことを確認してから。

「はぁ……朝から元気いっぱいね、お姉様は」

ため息と一言。ほぼ毎日のことだから、悲しさや怒りは感じない。むしろ呆《あき》れているほどだ。

直接血は繋《つな》がっていないとはいえ、妹に向かってあれだけ罵声を浴びせられる。まるでかつての自分を見ているようだ。

あのまま成長すれば、破滅の女王様になってしまいそうね。

「ま、関係ないわね」

私も早く仕度を済ませないと。今日は侍女の仕事を早めに終わらせて、外出の準備をしないといけない。

普段よりも二時間ほど早く起きた私はせっせと働く。

午前中にやることを全て終わらせて、自室に戻って着替えをする。

棚の中には、私の数少ないドレスが用意されていた。

「はぁ……面倒ね」

ドレスに自分で着替えることが、じゃない。それはもう慣れた。

以前は侍女に着替えさせてもらっていたけど、今は私が侍女だ。着替えくらい自分でやれなきゃ話にならない。

そうじゃなくて、これから始まるパーティーのほうが憂鬱なのだ。どうして侍女の私が、ドレスを着てパーティーに出席しないといけないの？

理由は単純明快。私は本当は侍女ではなく、このルストロール家の次女だから。

なんて。

「笑えないわね」

失笑ものだ。

◇◇◇

私は生まれ変わった。死後約千年、かつての私が生まれ、命を落とした国に。

長い歴史の中で進化し、その歴史は途絶えることなく続いてきたらしい。

別に嬉《うれ》しくはない。ただ、生まれ変われたことは幸運だった。


私が生まれ直したのは、王国でも名のある貴族の一つ、ルストロール公爵家だった。

ルストロール家は代々、優秀な魔法使いを輩出している家系だ。どうやら現代でも、魔法使いとしての力量や才能を持っていると優遇されるらしい。

貴族の地位にいる者たちは皆、何かしらの才能を持っている。

魔法であったり、剣技であったり、財力もそうだ。

力を持つ者が上に立つ。千年前から何も変わらない。ただあの頃と違うのは、世界は平和になったということだ。

国々の争いは減少し、国家内での争いもほとんど起きない。

小さなひずみはあるだろうけど、少なくとも表面上は平和を保っている。

凄《すご》いことだ。私が生きた時代には考えられなかった。そんな時代に生まれ直したことが、一つ目の幸運。

二つ目は、私が正妻の娘ではなく、愛人の子として生まれたことだ。

不運？

確かに普通はそう思う。愛人の子だからという理由で迫害され、家の中では貴族らしい扱いを受けることはない。

お前は醜いからドレスは似合わない。

侍女の格好で奉仕でもすればいいと、実の父親に言われて、その通りに侍女の役割を担う。

誰も指摘なんてしない。それがさも当たり前のように、私に命令して罵声を浴びせる。最悪な環境だけど、私にとっては好都合だった。

私は地位も名誉も、力もいらない。だから前世の記憶と共に受け継いだ魔法使いとしての力も、他人にバレぬよう隠してきた。

こうして弱者として振る舞い、いずれ放り出してくれたらいい。

一人で生きるための準備は、とっくにできている。

侍女として振る舞ったのも、生きるための技術や経験を積むためで、決して彼らのためではない。

私はただ、普通に生きて、普通に死にたいだけなのだ。

◇◇◇

パーティー会場に到着する前。馬車の中で、久しぶりにお父様と会話をした。

「イレイナ」

「はい。お父様」

名前を呼ばれるのも久しぶりな気がする。基本的に屋敷《やしき》にいても、この人は目も合わせてくれない。

この人にとって私は、かつて自分が起こした失態の象徴なのだ。

嫌なものからは目を背けたい。それが人間の心理だと理解している。

「今宵《こよい》は年に一度の国王陛下主催の大事なパーティーだ。国中から大勢の来賓がやってくる。我々もその一員、貴族として恥のない振る舞いをするように」

「はい」

よく言うわね。屋敷の中じゃ貴族じゃなくて侍女として働かせている癖に。

まぁ別に、私も抵抗しなかったから悪いけど。

「お前は極力前に出るな。私やストーナの後ろに控えていなさい」

「はい」

言われなくてもそうするわ。人の目に留まるなんて一番してはいけないことだから。

私はひっそりと、ストーナお姉様の後ろに隠れているつもりよ。

「そして……絶対に私たちの邪魔をするな」

「いいわね？　イレイナ」

「はい。お父様、お姉様」

要するに、何もせずただじっと黙って過ごせという意味。

お安い御用ね。元よりこんなパーティーに参加したいとは思わない。

国中の貴族たちが集まる社交場。当主とその跡継ぎは参加する習わしだから、私も仕方なくドレスを着て参加するだけだ。

世間的には一応、ルストロール公爵には二人の娘がいて、どちらも正妻の子ということになっている。

名のある公爵家に、まさか平民の血が混ざったなど知られたくないからだ。そう、私の母親は平民だったらしい。

そのことが余計に、私に辛《つら》く当たる理由になった。母がどうなったのかは知らない。

顔も名前も知らないから、今さら何も感じない。会いたいとも思わないわね。

そうこうしているうちに、馬車は会場に到着する。

王都でもっとも大きな建物は王城だ。その王城の敷地《しきち》内にあるパーティー用の大きな宮殿で開かれる。

王族も参加するこのパーティーは、王家との関わりを切望する貴族たちにとって願ってもない交流の場でもある。

馬車から降りると、他の貴族たちの姿がある。気合いの入ったドレスを着た令嬢や、すでに緊張している様子の令息。彼らにとってここが、とても重要な分岐点なのだろう。

私は反対に憂鬱で仕方がない。

「王城……」

ここに来ると嫌でも思い出す。女王として君臨し、反逆の末に命を落とした前世の記憶を。

もうあんな最期はこりごりだ。次に死ぬならベッドの上で、大勢の友人や肉親に看《み》取《と》られて死にたい。

そのためにも私は、この場で空気のように振る舞おう。

「ストーナ、行くぞ」

「はい。お父様」

二人とも気合いが入っている。ストーナお姉様にとっても、この社交場は未来の夫を見つける重要な機会だった。

彼女は十九歳、私より一つ上。そろそろ婚約者を決めなければならない年齢だが、彼女やお父様は選《え》り好《ごの》みをする。

これまでに縁談の話はあれど、すべて釣り合わないと断ってきた。

彼らが求めているのは、自分たちと同等以上の地位、権力、財力、才能を持つ者。ルストロール公爵家は貴族社会でも特に高い地位にある。

ストーナお姉様は魔法の才能にも恵まれている。

中々釣り合う相手は見つからず、今年のパーティーを逃せば、来年参加する頃には二十歳になっている。

貴族の女性にとって、二十歳は一つの節目だ。

超えるまでに婚約者がいないということは、誰にも選ばれなかったという意味を持つ。

婚期を逃した烙印《らくいん》を押されてしまう。そう、彼らは少し焦っていた。

「大変そうね」

ぼそりと呟《つぶや》く。彼らには聞こえない声で。

婚約者なんていても面倒なだけよ。前世では十人くらい婚約者がいたけど、邪魔になるだけで最期は裏切られたわ。

結局、地位や名誉で繋がった関係に、真実の愛は生まれないのよ。

定刻になり、パーティー会場が賑《にぎ》やかになる。集まった貴族たちでごった返す。

さすがはこの国で一番大きな会場だ。何百人集まっても、社交のためのスペースは十分に確保されている。

「これはこれはルストロール公爵」

「ああ、貴殿か。久しいな」

「ええ。ストーナ様にイレイナ様も、変わらずお美しいですね」

「ありがとうございます」

私もストーナお姉様に合わせて頭を下げる。

お父様は王都の内外に知り合いが大勢いるらしく、代わる代わる挨拶をされる。

一瞬も心休まる時間はない。ストーナお姉様も常に笑顔で、お父様は堂々と振る舞う。前世で自分がやっていたことだから、その大変さは嫌というほど理解している。

楽しくもないのに笑うのは、心を擦り減らすような感覚だ。

そこは素直に同情する。

「……？」

何やら騒がしい。人々の視線が一か所に集中している。

こそこそと、声が聞こえる。

「あれはまさか、騎士王様じゃないか」

「騎士王様がパーティーに参加されている？」

ざわつく会場。騎士王という名前がいたるところから聞こえてくる。

お父様とストーナお姉様も反応する。

「お父様」

「ああ。珍しいこともあるようだな」

ちらりと、集まった人々の間からその姿が見える。

銀色と藍色が交じり合った独特の髪に、深い海の底のように青い瞳。この国の騎士であり、過去五年でもっとも優れた戦績を収めた騎士に与えられる称号『騎士王』。

数々の戦場で同胞の騎士を導き勝利に貢献し、自身も高い実力からもっとも功績をあげ、敵国から恐れられる存在。

若冠十八歳でその座に就き、以後五年間、現在に至るまで不動の成果を上げ続ける天才騎士。

同じく騎士だった父の後を継いだ公爵家次期当主。

——騎士王、アスノト・グレーセル。


「アスノト・グレーセル殿……彼はこういった社交の場は好まないのか、これまで一度も顔を出したことがなかったはずだが」

「お父様、これは絶好の機会ではありませんか？」

「ああ。名だたる騎士王ならば文句のつけようもない」

「ええ、私も彼なら満足できます」

二人で勝手に盛り上がっている。これから騎士王様のもとへ行き、お近づきになろうという雰囲気だった。

私は面倒だから行きたくないけど、一人待つわけにもいかず従うしかなかった。

こういう相手こそ、一番近づいちゃいけない。地位も、権力もあって、おまけに武力も備えている。

争いを呼び込みそうな人間だ。

そんな相手と婚約できても、きっと面倒が増えるだけなのに……なんて思い心の中でため息をこぼす。

「――？」

ふと、視線が合ったような気がした。かの騎士王と。

彼は周りに声をかけ、こちらに歩み寄ってくる。

「お父様！」

「ああ」

チャンスだと思ったのだろう。

目が合ったのも私じゃなくて、二人のうちどちらかだ。ただ念のため、私は一歩下がる。二人が前に出やすいように。

「こんにちは、ルストロール公爵様ですね」

「私のことをご存じでしたか」

「ええ、もちろんです。何度か騎士団に協力して頂いていますので、忘れるはずがありません」

「おお、なんと光栄なことか。かの騎士王殿にそう言っていただけるとは」

「やめてください。私はまだまだ若輩者です」

騎士王様とお父様は面識がある様子だ。お父様は宮廷の魔法使いの資格を持っているから、その関係だろう。やっぱり目が合ったのは気のせい。

そのはずなのに、また目が合った気がする。その視線越しにストーナお姉様が淑女の礼をとる。

「ご機嫌よう、アスノト様」

「ああ、君は確かルストロール公爵のご令嬢かな」

「はい。ストーナ・ルストロールです。アスノト様とお会いできて光栄ですわ」

「こちらこそ。噂《うわさ》通り綺麗《きれい》な方だね」

騎士王様の素敵な言葉で、ストーナお姉様は女の子らしく嬉しそうに赤面する。

無自覚か、それとも教育されているのか。さわやかな笑顔と紳士的な言葉で、大勢の女性を虜《とりこ》にしてきたのだろう。

ストーナお姉様も、今ので彼に心を奪われたに違いない。

また、視線が合った。さすがに三度目は勘違いじゃない。

——彼は私のことを見ている。

「そちらの方は、妹さんかな？」

「……っ、ええ。妹のイレイナです」

「そうか。よく似ているね。美しい瞳が特に」

「お、お褒めにあずかり光栄ですわ」

ストーナお姉様は苦笑い。事情を知らないとはいえ、私と似ているなんて言われたくなかっただろう。

笑顔が引きつらないように頑張っているのがわかる。

ちょっと面白かった。だけど、冷静に考えてやめてほしい。

屋敷に戻ってからの当たりが強くなるから。

「初めまして、イレイナさん。よろしく」

「はい」

なんで私に握手を求めてくるのだろう。わざわざお父様とお姉様の背後にまわって、一歩前に近づいてまで。

断ることもできないから、差し出された手を握る。

「よろしくお願いします」

「うん、綺麗な手だ。でも、それだけじゃないね」

「――！」

私は咄嗟《とっさ》に彼の手を離す。なんとなく、この男は危険な香りがした。

彼は平然と笑う。

なんとも言えない空気が流れる中、お父様が彼に尋ねる。

「しかし、珍しいこともあるものですね。貴殿はあまり、こういう場を好まないと聞きましたが」

「はい。正直あまり得意ではありません。ただ、私も今年で二十三です。そろそろ騎士としての職務だけでなく、次期当主としての立場も考えねばならないと思いまして」

「そうでしたか。なら、ストーナはどうでしょう？　この子は私の自慢の娘です。あまり言うと親バカになってしまいますが本当に素晴らしい子で……」

「そうですね。素敵な女性だと思います」

「ではぜひ――」

「素晴らしいお申し出をありがとうございます。ただ、他にも挨拶をしないといけない方がいますので」

ここでもう一押し、と言うところで上手《うま》く躱《かわ》されてしまう。騎士王様は挨拶をして去って行く。

去り際、また私と目を合わせた。一体あの男は何を考えているのだろうか。

「お父様」

「……感触は悪くない。これを機に距離をつめよう」

「はい！　イレイナ、あなたは邪魔しないで」

「……はい」

お姉様はご立腹だ。私だけ握手をしたからだろうけど、それは相手に言ってほしい。

まったく困った。間違いなく、この後は強めに当たられるだろう。

それにしても騎士王アスノト・グレーセル様……か。

変わった雰囲気の人だった。

前世でもあまり見かけないような、人を自然に引き込み、虜にしてしまうオーラがある。

「アスノト様、素敵な方ですね」

「ああ、実力もあり、人格者でもある」

二人もすっかり魅了されている様子だ。

もっとも私には関係ない。このパーティーが終われば、接点もないだろう。

そう、思っていた。

◇◇◇

「はぁ……疲れた」

私は庭の掃除をしながらため息をこぼす。あのパーティー以降、ストーナお姉様の当たりは強くなった。

何をやっても気に入らないと苛立《いらだ》って、私に暴言を吐く。

慣れているから悲しくはないけど、一々行動を否定されてとても面倒臭い。

こうなるから目立ちたくなかったのに。

「全部あの男のせいね」

次に会ったらただじゃおかないわ。なんて、二度と会わないと理解しているから思える。

パーティーから二日が経過した今日も、お姉様とお父様は熱心にお勉強中だ。もちろん、騎士王様のことを。

何を好み、何を望み、どうやったら籠絡できるのか。

騎士王様の血が交われば、ルストロール家は今以上の地位と権力を得られる。

騎士王様と婚約すれば、お姉様も盛大に大きな顔ができる。

そんなくだらない理由で婚約を迫られるであろう騎士王様が、ほんの少しだけ気の毒だ。

「私を巻き込んだ罰ね」

そう呟き、せっせと庭の掃除をする。

この屋敷の庭は無駄に広くて掃除がとても大変だ。王都から少し離れた場所にあって、すぐそばには広大な自然が広がる。

名のある貴族の癖に、王都の中心に屋敷を構えなかったのは、先代から守ってきた屋敷を継ぐためらしいけど、その点は非効率だ。

格式とか伝統とか、そういうものに縛られていると生活まで窮屈になる。

「はぁ、いっそ早く追い出してくれないかしら」

なんて思いつつ、終わらない掃き掃除をしていると、森の方角からただならぬ気配を感じる。

「これは……魔物?」

間違いなく魔物の気配だ。とはいえ、この森は広く、魔物がいることは不思議じゃない。

けれどおかしい。これまで一度も、こんな屋敷の近くまで魔物が来たことはない。

「数は……一匹ね」

群れからはぐれたのだろう。森から魔物が姿を現す。

「グローリーベア……割と大きいわね」

中型の魔物の中でも凶暴で、四本足での移動速度は狼《おおかみ》と並ぶ。強靭《きょうじん》な爪にかかれば、鉄製の鎧《よろい》も簡単に貫かれる。

こんな魔物も森の中にいたのね。

少し驚いて、こちらに敵意をむき出す魔物と向かい合う。

周囲に私以外の人影はない。逃げてもいいけど、後で大惨事になったら最初に見つけた私の責任になる。

「はぁ……仕方ないわね」

庭を血で汚されると面倒だから、優しく追い払ってあげましょう。

私は人差し指を立てる。

「風よ――踊りなさい」

周囲の気流を操作し、襲い掛かる魔物を浮かばせる。どれだけ素早くとも、地面に足がついていなければ蹴りだせない。

あとは優しく、吹き飛ばすだけでいい。

「森へお帰り」

風に飛ばされた魔物が宙に浮かび、森の奥へと吹き飛んでいく。

青空をまるで流れ星のように下っていく様を見ながら、ちょっぴり反省する。

「やりすぎたわね」

久しぶりで感覚が鈍っている。私は前世の記憶と一緒に、魔法使いとしての力も引き継いでいた。

それを隠して生活していたから、あまり使う場面もなかった。

おかげで久しぶりに魔法を使って、制御が乱れて予想以上に吹き飛ばしてしまったみたいだ。けれど周りには誰もいないし、見られる心配も……。

「へぇ、すごい飛び方したな」

「――！」

気づかなかった。声をかけられるまで。この私が、他人の気配を、魔力を感知できなかった。

咄嗟に距離をとる。

「おっと、驚かせてしまったかな？」

「……あなたは」

騎士王アスノト・グレーセル様。パーティーで出会った若き貴族の当主が、なぜか私たちの家の敷地内にいる。

「なぜ、ここにいらっしゃるのですか？」

「えっと、実はルストロール公爵に招待されていたんだけど」

「お父様に？」

「そう。で、遥々《はるばる》王都から来たんだけど、魔物の気配を感じて来てみれば、そこに君がいたんだ」

そう言ってニコリと微笑《ほほえ》む。

運が悪かった。こんな場所に魔物が出現しただけでも不運なのに、よりによって彼が来る日と重なっているなんて。

「この辺りに魔物が出るなんてめったにない。俺にとっても初めてのことだから驚いたよ」

「……」

「ところで、俺からも質問していいかな？」

状況を頭の中で整理する。最悪の現場を見られてしまったという事実は、拭えない。

彼はさわやかな笑顔を見せて言う。

「君はどうして、侍女の格好をしているのかな？」

質問を許した覚えはないのに、彼は平然と問いかける。

わかりきった質問を。私は黙秘する。すると彼は構わず続けた。

「ここはルストロール公爵家で、君はこの家の令嬢だろう？　そんな君がどうして庭の掃除なんてしているのかな？　まるで侍女のように」

「……好きなんです。掃除が」

「へぇ、それはいい心がけだね。でも服装まで合わせなくてよかったんじゃないかな？　しかもその服、結構長く着ているだろう？　しわの感じでわかるよ」

「……っ」

この男の観察眼は鋭い。

適当な言い訳は通じないぞと、忠告されている気分だ。

バレてはいけない人物に見られてしまった。けれど、問題ない。見られたのなら記憶を消せばいいだけだ。

「申し訳ありませんが――」

「無駄だよ」

「――！」

私は魔法を発動しようとした。腕は多少鈍っても、最近の魔法使いには負けないと自負している。

魔法を使ったことさえ気取《けど》られず、彼の記憶を塗り替えようとした。しかし、弾《はじ》かれた。私の魔法は、見えない何かに遮断された。

「俺に干渉系の魔法は通じないよ」

「……」

稀《まれ》に存在する特異体質。あらゆる魔法効果を無効化する特性を持った肉体。この男には、記憶操作が通じない。

「驚いたのは侍女の格好をしている以上に、君の魔法だよ。さっきの、魔法陣も見せず、詠唱もかなり省略されていたね。それなのにあの威力、しかも隠していたみたいだけど、凄い魔力量だ」

「……見間違いではありませんか？」

「ははっ、ここまでハッキリ見て誤魔化せないよ」

「……はぁ、そうみたいね」

もう諦めるしかない。この男に見られたという事実はどう足掻《あが》いても変えられないらしい。

　魔法が体質に弾かれる時点で手詰まりだ。

　相手が盗賊なら退治して終了だけど、名だたる騎士王様が相手では下手なことはできない。

「いやー、凄いね君。間違いなく俺が知っている魔法使いの中では一番の腕だよ。ルストロール公爵もさぞ鼻が高い……ってわけじゃなさそうだね」

「……」

「よかったら話してもらえないかな？」

「話せばこのこと、黙っていてもらえるのかしら？」

「さぁね？　それは内容と、俺の気分次第かな」

「……はぁ」

　本当に面倒な相手に関わってしまった。あのパーティーに参加したことを心から後悔する。そして仕方なく、私は白状した。

　私が、この屋敷でどういう立場にいるのかを。

「なるほど、複雑な家庭環境だね。でもわからないな。それだけの力があれば、生まれなんて関係ない。なのにどうして隠しているんだい？」

「私がほしいのは平穏な生活なのよ。地位や名誉に興味はない。そんなものに振り回されたくないだけよ」

「それは俺も同感だね」

「騎士王様がよく言うわね」

「ははっ、君こそ俺を相手にその太々《ふてぶて》しさは清々《すがすが》しいな」

別に、もうどうにでもなれと思っているだけだ。この男はたぶん、私が下手《したて》に出たところで態度を変えない。

太々しいのは騎士王様のほうだ。

私はほとんど諦めていた。これで平穏な生活ともお別れになる。そう思うとどっと疲れて、演技なんてできそうにない。

「――いいな、ますます気に入った」

「え？」

「君、俺の婚約者にならないか？」

「……は？」

この男は急に何を言い出すのだろう。

私は耳を疑った。

「話を聞いていなかったの？　私はこの家で家族として扱われていないわ。そんな私と婚約して何かメリットがあると思う？」

「メリットなんて考えていないよ。俺はただ、君が欲しいだけだ」

「……意味がわからないわね。魔法使いなら他にもいるでしょう？」

「そうかもな。でも、俺は別に君の魔法を手に入れたくて言っているんじゃないぞ」

「どうだか――！」

彼は唐突に私の手を握り、自分の胸まで引き寄せる。有無を言わせぬ強さで、けれど優しく抱き寄せられた。

ほのかに感じる彼の香りが、なぜか心地いい。

「初めて見た時から、その眼が気になった」

「眼？」

「どこか遠いところを見ているような眼。見ていると吸い込まれる不思議な魅力が君にはある。それに俺を相手に、こんなにも堂々としていたのは君が初めてだよ」

「……」

醒《さ》めた態度が裏目に出た。なぜか不遜な態度を気に入られてしまったらしい。

これはよくない。非常によくない流れな気がする。

「俺は君のような女性に隣に立ってほしい。強く、凜々《りり》しく、揺るがない。そんな魅力を持つ美しい女性がいいと常々思っていたんだ」

「……それなら、私より姉のほうが適任よ」

「うーん、確かに彼女の容姿も美しいけれど、自分に酔っている感じがするからね。自分で自分を過大評価しすぎている。そういう女性はどうにも好まないんだ」

「……よく見ているのね」

たかが一度顔を合わせただけで、ストーナお姉様の内面を見事に当てている。強くて特異な体質だけじゃない。この男は、いろいろと普通の男とは違うらしい。

よくない流れ……なんて、もう手遅れだ。

「俺は君がいいんだ。ぜひ婚約しよう」

「……断ったら？」

「そうだね。それは残念だけど、君の将来を想《おも》って、君のすばらしさをみんなに伝えて聞かせるかな？」

「――いい性格しているわね」

「褒めてくれてありがとう」

とんだ誤算だ。騎士王様がこんなにも性格が悪いなんて。

「まさかと思うけど、さっきの魔物もあなたの仕業？」

「いやいや、愛《いと》しい女性を危険にさらすわけがないだろう？　ただ……俺に怯《おび》えた魔物が、一目散に逃げだすことはあったかも、しれないけどね」

「……」

この男、最初の直感通りだ。

危険すぎる。危ないくらいに策士で、性格が悪い。清々しい笑顔も胡散臭《うさんくさ》く見えてくるほどに。

「俺のところにおいで。そうすれば、君に不自由はさせない。平穏な生活がお望みなら、俺が全身全霊をもって守ってみせよう」

「そこまでするほど？」

「ああ、そこまでするほどの価値があると思っている。俺の魂が言っているんだ。この出会いは運命だと」

「運命……ねぇ」

確かにそうなのかもしれない。だとしたら、この世界の神様は意地悪だ。

「いいわよ。婚約してあげる」

こうなったら私も腹を括《くく》るしかない。

普通に生きて普通に死ぬ。

まだ、この夢をあきらめるには早すぎる。

「ただし、ちゃんと私の生活は保証して。面倒な権力争いとか、危険な策略に巻き込まないで」

「もちろん。君の願いなら聞き入れよう。全ての準備が整った時には、一緒に落ち着いた日々を、俺と送ってくれないか？」

「――できるのね？」

「ああ。どれだけ時間がかかろうとも必ず叶《かな》えてみせるさ。実は俺も夢だったんだ。争いもなく、縛られることもなく、ただ一人の大切な人と共に老いていくことが……ね」

そう言いながら彼は寂しそうな眼を見せる。

その眼が、表情が、かつての自分と重なって見えた。

やはり、これは運命なのかもしれない。

「じゃあさっそく報告しに行こうか。君の家族に」

「……後が怖いわね」

「心配ないさ。むしろどんな顔をするか楽しみじゃないのかな？」

「……少しね」

私は笑う。いろいろと我慢していたことも多い。

それが意図せず吹っ切れて、今はほんの少しだけ、身体《からだ》が軽い。

「でも、約束を違《たが》えたら逃げるわよ」

「その時は追いかけるよ。地の果てまでだってね」

「……怖い男ね」

「それだけ離したくないんだよ。君を」

こうして私は、騎士王様の婚約者となる。二度目の生はどうか、安らかに過ごせますように。

第一章

私たちは並んで屋敷の敷地を歩く。誰もが認める騎士王と、美しく優秀な姉に埋もれた目立たない妹。本来ならばあり得ない組み合わせが、隣り合わせに立っていた。

「せっかくだし、手でも繋いでいくかい？」

「遠慮しておくわ」

「照れているのかな？　でも、俺たちは婚約者になるんだよ？　もっと近くにいようじゃないか。心も、身体もね」

「まだなっていないわよ」

アスノトが伸ばした手が触れる前に、私は自分の手を引っ込める。必要以上に慣れ慣れしくするつもりは、今のところない。

確かに私は、彼からの婚約話に乗ると決めた。だけどそれは、私とアスノトだけの話だ。

「私はよくても、お父様とお姉様は納得しないわ。絶対にね」

「そうなのかい？　娘が婚約者を連れてきた……ああ、確かに心中穏やかじゃないかな。父親としては相手を見極めたいと思うだろうね」

「そんな優しい父親だと思う？　私のことを目の敵《かたき》にして、屋敷では侍女として働かせているような人よ？」

「なるほどね」

彼は一人で頷《うなず》き、納得したように笑みを見せる。何がそんなに面白いのだろうか。

私は呆れたようにため息をこぼして続ける。

「お父様があなたを招待したのでしょう？　だったら今頃、お姉様と一緒にあなたに取り入るために準備している頃でしょうね」

「それは大変そうだ。俺に取り入ったところで何も得られないというのにね」

「少なくとも二人はそう思っていないわ。先のパーティーでも好感触だと思っているわよ」

「え？　あのパーティーを？　おかしいな。俺は平等に接していた気がするんだけど……」

やっぱり、あの人当たりのよさや気障《きざ》なセリフも、全部素で言っていたみたいね。

計算ではなく無自覚に他人に好かれる人ほど苦労する。

前世でもそうだった。そして相いれない存在でもあった。

「ああ、君にはあの時から興味があったから別だけどね」

　彼はさわやかな笑顔で私に言う。これも素で、おそらく思ったことを口にしているのだろう。

「その笑顔で、数々の女性を虜にしてきたわけね」

「虜になんて、俺は一人の騎士だよ。それにふさわしい振る舞いをしているだけで、それ以上の理由なんてない」

「そう？　さぞ言い寄られてきたのではなくて？」

「うーん、そうだね。けど全部断ってきたよ」

　彼は青い空を見つめながら続ける。

「俺を好いてくれることは嬉しい。ただ申し訳ないけど、俺は特別な感情なんて抱いていない。俺にとってこの国の人々は皆、守るべき対象でしかないんだよ」

「……私もこの国の人間よ？」

「君は俺が守らなくても平気だろう？」

「ひどい男ね。こんなにか弱い女性を前にしておいて」

「ははっ、あんな魔法を見せられて、今さら君のことをか弱いとは思えないな。ま、だからこそ気に入ったんだよ」

アスノトは楽しそうに笑いながらそう続けた。

自分と対等に関わることができる相手。地位や権力だけではなく、力を示すことができる相手だからこそ、私に興味を抱いたとか。

本当に失敗だった。思えばあのパーティーにさえ参加しなければ、彼に見つかることはなかっただろう。

私はため息をこぼす。

「そんなに嫌か？　俺と婚約するのは」

「言ったでしょう？　私は平穏な暮らしがしたいだけなのよ」

「わからないな。それだけの実力があるなら、もっと堂々としていればいい。令嬢としてではなく侍女として振る舞う今の暮らしが、君にとっての平穏だとは思えないけど」

「……よかったのよ。これでも」

力に意味なんてない。地位に価値なんてない。権力者に未来なんてない。

私はもう、嫌というほど思い知らされた。

地位や権力を求め争い、無駄な血を流すのはうんざりだ。

力には責任を伴う。女王として人々のために費やした時間は、結局ただ彼らに搾取され続けていただけだった。

他人のために力を振るうことが正しいと思っていた。でもそこに、私の幸福などなかった。

「あなたも気を付けたほうがいいわよ。力を求め続けられることが、必ずしも幸福につながるとは限らないのだから」

「重みのある言葉だね。まるでそうなったことがあるみたいに聞こえるよ」

「ただの妄言よ」

「いいや、ちゃんと受け取るよ。未来の妻の言葉だからね」

彼はさわやかな笑顔を見せる。重たい空気になりかけていたのに、その笑顔と一言で明るさを取り戻す。

私は呆れてしまう。なんだか彼と話していると、悩んでいる自分が馬鹿らしく思えてきてしまうから。

私たちは屋敷に入る。

来客を知らせるベルが鳴り、さっそく二人が顔を出した。

「お待ちしていました。アスノト……殿？」

「――！」

お父様とお姉様は、共にありえない光景を見たような表情を見せ、固まった。

無理もないだろう。二人にとって思いもよらぬ現実がそこにあったのだから。

「ご招待ありがとうございます。ルストロール公爵」

「え、ええ。こちらこそ遥々来て頂けて大変うれしく……」

お父様はわかりやすく動揺していた。

普段通りにこやかに対応しようとして、表情が引きつり困惑が露《あらわ》になっている。

お姉様はというと、さっきから私のことを睨《にら》んでいる。

視線が痛い。できれば関わりたくないけれど、隣に立つ意地悪な婚約者候補は、私の手を握って離さない。

嫌だと言ったのに、結局途中で無理やりに握られてしまった。

こっちのほうが都合がいいから、と。

「アスノト殿、その手は……」

「ああ、彼女とは偶然、そこの庭でばったり顔を合わせてね。迷っていた私を案内してくれたのですよ」

「そ、そうでしたか。アスノト殿の案内、ご苦労だった。一度下がりなさい、イレイナ」

私もそうしたい。けれど、彼はこの手を離さない。

「それは困ります。これからルストロール公爵に、大事なお話をしなければなりません。当事者である彼女にも同席していただかなければ」

「大事な話……？　当事者とは？」

アスノトはニヤリと笑みを浮かべる。

さぁ、次に彼が口にする一言を止めなければ、私はもう引き返せない。当分は平穏な生活は手に入らないだろう。

今ならまだ、間に合うかもしれない。彼に魔法は通じないけど、お父様たちには記憶操作も通じる。

誤魔化す方法がないわけじゃない。

今の暮らしが、君にとっての平穏だとは思えないけど――

ふと、彼に指摘された言葉を思い返す。その通りだ。

今の生活も、決して平穏ではない。冷遇された立場に身を置き、それを受け入れているだけに過ぎない。

私が求める平穏とは、もっと自由で、穏やかで、そう……長閑《のどか》な自然と一緒に、何にもとらわれず好きに生きていける暮らしのことだ。だから私は、いずれこの家を追い出されることを望んだ。

自由になれば、自分の手で平穏を摑《つか》めると思っていたからだ。

ただ、方法は一つじゃない。新しく見えているこの道も、案外間違っていないかもしれない。

そう、だから私は、あえて一歩進んでみよう。

「ルストロール公爵、私は彼女と、イレイナと婚約したいと考えているのですよ」

「なっ……」

「イレイナと？」

ああ、言ってしまった。もう後戻りはできないから、私も覚悟を決めよう。

今の平穏を犠牲にして未来の平穏を摑むために。驚愕《きょうがく》する二人の視線が私に突き刺さる。

理解できないお父様は、アスノトに聞き返す。

「な、何かの聞き間違いでしょうか？　婚約というのはその、ストーナでしょうか？　そういう話ならぜひともお願いしたいと思っております。ストーナも騎士王と名高い貴殿のことは、悪しからず思っておりますので」

「はい。アスノト様がよろしければ、私は婚約者に――」

「違いますよ。私が婚約したいのはストーナ嬢、君じゃない」

「――!」

アスノトはさわやかに笑いながら、ハッキリと否定した。

選ばれたのは優秀で綺麗な姉ではなく……誰もが見下し、家族どころか使用人以下の扱いをしてきた……愚妹だった。

「私が婚約したいのは、イレイナ、ここにいる彼女です」

「な、なぜでしょう?　お恥ずかしながらイレイナは、あまり出来のいい娘というわけでは……」

「おや?　ひどいことをおっしゃるのですね。自身の娘に対して」

「っ……いえ……」

お父様は口を閉じる。今の私は公爵令嬢ではなく、侍女として働かされている。

私に庭の掃除をさせていたのは、招待したアスノトと顔を合わせないように。

彼らの私に対する扱いが、彼に露呈しないように考えていたに違いない。

その策略はすでに破られた。彼の無自覚……もしくは、計画的な方向音痴によって。

「驚きましたよ。ルストロール家の令嬢が、まさか侍女の格好をして働いているなんて」

「そ、それは……」

「それについては後ほど聞かせていただきましょう。事情はどうあれ私の意思も変わりませんよ？　すでに彼女の意思も聞いています」

「イレイナ」

お父様が名を呼ぶ。普段は名を呼ぶことも、目を合わせることもないのに。

これは一種の脅しだ。私に対する扱いについて他言しない代わりに、自分の要求を受け入れろという。

意図的か、それともこれも無自覚なのか。

もし前者だとしたら、誰もが認める人格者、騎士王という姿も……本当は偽物なのかもしれない。アスノトは普段と変わらぬ笑みを浮かべている。

計算高い人ね。

「はい。私も、アスノト様と婚約したいと考えております」

「……そうか」

「私とイレイナの想いは決まっています。あとは当主であるルストロール公爵、あなたの意思だけです」

お姉様の意思は無関係。まるでそう突き放すように彼は言う。

お姉様は私を睨む。今までにないほど怒りに満ちた表情で。そしてお父様に、この申し出を断るという選択肢はなくなっていた。

「わかりました。ぜひとも婚約の話を進めさせていただきましょう」

「ありがとうございます。これから長い付き合いになりそうですね」

「ええ、まったくです」

アスノトは明るい笑顔。お父様は引きつった苦笑い。

私は心の中で笑う。

自分で認めていたはずだった。この扱いも、お父様やお姉様の態度も……けれど多少は、腹が立っていたらしい。

少し、胸がすいた。

◇◇◇

「どういうことですの？　お父様！」

「私にもわからない。なぜアスノト殿が……。彼は婚約の話が上がる度に断っていたと聞く。その彼が自分から婚約したいなどと。しかもよりによって……」

「どうして……」

アスノトとイレイナの婚約が決まった日の夜。

すでに数時間が経過しても尚《なお》、二人だけは状況を完全に理解できていなかった。理解できない。いいや、理解したくない。彼らは認めたくなかったのだ。

特に姉であるストーナは……。

「なんでイレイナなの？　私じゃないの？」

「ストーナ」

「お父様！　私のほうがずっと優れているわ！　見た目も、振る舞いも、魔法使いとしての才能だってあるのよ？　なのにどうして、出来の悪い妹を選ぶのよ！」

「それは……私にもわからない」

彼らは知らない。不出来で無能だと思っている妹の中身を。

誰より優れた才能を、知恵を、人格を持ちながら、それを隠し通して来た故に。

彼女こそが、この国を作り育てた偉大な女王であることを。もしも知ったところで信じることもないだろう。

「ありえない……ありえないわ」

彼らにとってイレイナは、同じ家名を名乗るのもおこがましい下等な存在でしかなかったのだから。

「まずは落ち着きなさい。残り数日、見極めるとしよう」

「……お父様、私は冷静よ」

「そうか。ならいい」

「ええ、冷静だわ。私のほうが劣っているなんてありえない。何か理由があるはず……絶対に……」

間違いを正す。

ストーナは自分が劣っている事実を決して認めない。イレイナが選ばれたのは間違いであり、アスノトは騙《だま》されているだけなのだと思い込む。

故にストーナは、イレイナの嘘《うそ》を暴くために、彼女の心を揺さぶるつもりでいた。

方法は単純である。

この屋敷でイレイナは次女であり、侍女でもある。

「見てなさい、イレイナ。私に恥をかかせたこと、後悔させてあげるわ」

◇◇◇

夜になると落ち着く。周りも静かになって、一人の時間ができるから。

自室のベッドで横になり目を瞑《つぶ》る。

「……眠れない」

普段ならすぐに眠れる。ここは私の家で、私の部屋で、特に狙われる理由もなかった。

常に気を張っていた前世とは違う。今の私には、夜を恐れ怯える理由なんてない。

そのはずなのに……。

気持ちがソワソワする。全部あの男のせいだ。

「はぁ……夢ならよかったのに」

あの男に出会ったのも、秘密を知られてしまったのも。

婚約者になったことだって、全て夢ならよかった。

夢ならば覚めて現実に戻ることができる。けれど最悪なことに、今いるここが現実だとハッキリわかる。

「……今夜は眠れそうにないわね」

私はベッドから起き上がり、窓際に近寄る。カーテンを開けた。今夜は月がよく見える。丸くて綺麗で、見ていると吸い込まれそうになる。

満月の夜は憂鬱だ。嫌でもあの日のことを……かつての私の最期を思い出してしまうから。そう……。

「あの日も、満月だったわね」

燃え盛る炎。立ち上る煙、崩れ落ちる天井。真っ赤な世界でひときわ目立つように、真上に月が輝いていた。

笑われているみたいだった。

お前も所詮は人の子で、女王なんて名に相応《ふさわ》しくないと。

まったくその通りだ。女王なんて肩書も地位も、私には不釣り合いだった。

本当の私は弱くて、ちっぽけで、何もない草原で一人寝転がって、安らかに眠るほうがしっくりくる。

そんな人生を、今世では送りたい。

「本当……満月には縁があるわね、私は」

願わくば、今日という日が正しい選択だったと思えるように。

私にとっての幸せが、この先にありますようにと、初めて私は月に願う。

神様なんていない。願いは聞き入れられることはないと……知っているのに。

◇◇◇

翌朝。

私はいつもの時間に起床して準備を始める。

侍女の朝は早い。手早く着替え、自分の食事は先に済ませて、主人の部屋に急ぐ。

トントントンとノックをして、呼びかける。

「おはようございます。お嬢様」

「……」

返事はない。眠っているのだろうか。

珍しいことじゃない。こういう時は数秒置いて、許可を貰《もら》う前に中に入る。

「失礼します」

ガチャリと扉を開けて中に入った。

視線が合う。どうやら眠っていたわけではなかったらしい。すでに起床していたお姉様は、私のことをギロっとにらむ。

「ちょっと、なんで許可もなく入ってきているのよ」

「……お返事がなかったので、まだ眠られていると……」

「侍女の癖に勝手に入ってくるなんて無礼よ！　いい加減にしなさい！」

「――っ！」

お姉様は近くにあった花瓶を手に取り、私に向けて振るう。

中に入っていた花と水が私の顔にかかる。花瓶の水はこれから交換するもので、時間が経《た》っているから臭いがする。

「……申し訳ありません」

「二度としないでくれる？　あなたは侍女なのよ」

「かしこまりました」

「わかったら早く着替えの準備をしなさい」

「はい」

言われた通りに動こうとする。そんな私に彼女は罵声を浴びせる。

「ちょっと！　そんな汚い格好で私の服に触るつもりなの？」

「申し訳ありません。すぐに着替えてまいります」

「一分以内に戻りなさい。でないとお仕置きよ」

「……かしこまりました」

私は頭を下げてお姉様の部屋から一旦退室する。

「はぁ……」

私はため息をこぼす。予想通りすぎて……。

◆◆◆

「それでは、婚約の話も無事に了承を頂けたということで、今後についてのお話をさせていただきましょう」

「今後、というのは？」

お父様と握手をした後、アスノトは一瞬だけ私のほうを見た気がした。一体何を企《たくら》んでいるのか。

ちょっぴり不安になった私は、アスノトの次の言葉を待つ。

「イレイナ、彼女には私の屋敷に来ていただきたいと考えています」

「――？　それは、ご挨拶のため、という意味ですか？」

「それもありますが、私が求めているのは、彼女との生活です」

「それは……」

「彼女には私の、グレーセル家の屋敷で一緒に暮らしていただきたいのです」

お父様だけではなく、私も驚いて両目を大きく開けた。

そんな話は聞いていない。婚約者になったから一緒の屋敷で生活する？

今の時代ではそれが普通のことなのだろうか。婚約とは結婚を約束する関係のことをさすが、現時点ではまだ他人のままだ。

結婚後ならわかるけど、婚約者のままで一緒に暮らすことが普通だとは思っていなかったし、アスノトがそう考えているのも意外だった。

「それは、いささか急ではありませんか？」

「わかっています。ですが、私はこれでも騎士ですので。婚約者である彼女のことは、私がこの手で守りたいのです」

「……」

守る……そういうことか。

ただ強引なのかと思ったら、そういうわけじゃない。これは彼なりの優しさだ。

私はお父様やストーナお姉様の思惑を無視し、アスノトと婚約することにした。当然だけど、二人は快く思っていない。

特にお姉様は、内心では今すぐ私に怒鳴りたい気分に違いない。

このまま私を屋敷に残せば、きっとよくないことが起こる。容易に想像できる。明日から私は、今まで以上にひどい扱いを受けるだろう。

仮にお父様が止めたとしても、お姉様は止《や》めないと思った。

お姉様はそういう性格をしている。一度決めたら曲げないし、頑固さは幼い頃から感じていた。

アスノトの提案は、ここが地獄になるとわかっているからこそ、私をこの場所から連れ出そうとしてくれている。

意外と、ちゃんと考えてくれているのね。

お父様は数秒考え、少し険しい表情でアスノトに言う。

「失礼ながら、やはり急なお話ですので、今すぐにというのは難しいでしょう」

「父には話をすぐ通します。こちらは問題ありません」

「そちらはよくても、私どものほうは準備ができておりませんので」

「準備、というのは？」

「もちろん、心の準備です。私も父ですので、娘を貰われるというのは、それ相応の想いがあるのですよ」

アスノトは僅かに驚いたような表情を見せ、笑みをこぼしながら返す。

「そうでしたか。それは、私のほうに気遣いが足りていませんでしたね」

「……」

彼が驚いた理由はよくわかる。私も同じ気持ちだった。よく……よくもそんなセリフを言えたものだと。

正直イラっとした。お父様は基本的に、私のことには無関心で、何かしてくるわけじゃない。お姉様とは違って。

だから、そこまで嫌な気持ちにさせられたことはないし、実害があるかと問われたら微妙だった。

それでも、父親であり、平民と関係を持って私を授かった張本人である癖に、その責任から目を逸《そ》らし続けている。

当然ながら、いい親ではなかった。

私に侍女をさせているのもそうだけど、お姉様に理不尽に責められる姿を見ても、一切何もしてくれなかった。

そんな形だけの父親が、娘を貰われるのには相応の想いがある？

笑わせてくれるわね。

一体、どんな想いがあるというのかしら。

「少々お時間を頂けませんか？　父としての想いもありますが、当主としての視点から、イレイナは少々貴族として作法に欠けるところがございます」

本当によく言う。

貴族としての作法、振る舞い方だって、お前には必要ないからとまともに教えなかったのは誰だったかしら？

「私は気にしませんよ」

「ありがとうございます。ですが私どもは気にしてしまうのです。三日ほどお時間をいただきたい。その期間に、足りない部分はこちらで指導いたしますので」

「……」

アスノトが難しい顔をしながら、私のほうに視線を向ける。わかっている。

これ以上粘るのは不自然、というより騎士王でも無礼と思われるだろう。残念ながらまだ、正式に私たちは婚約したわけじゃない。

少なくとも、アスノトのご両親に話を通し、双方の同意をもって初めて、私たちの関係は肩書を得る。

それまで私は、この屋敷の人間であり、アスノトとは他人同士のままである。

「わかりました。それで構いません」

彼は少し悔しそうに、お父様の要望を受け入れた。きっとわかっているのだろう。

この先、私がどんな目に遭《あ》うのか。

彼は去り際、私にしか聞こえない声で囁《ささや》く。

「すまない。しばらく耐えられるか？　準備ができたら必ず迎えに行く」

「――気にしなくていいわ。いつものことよ」

少しだけ、私は嬉しかった。

私のことを気遣い、辛いことが待つ場所に戻ることを申し訳ないと思ってくれていることが。

◆◆◆

そう、予想はしていた。あんな出来事があった翌日だ。プライドの高いお姉様が、私のことを許せるはずがない。

普段以上に当たりが強い。ノックをして返事をしなかったのもお姉様だし、水をかけて汚したのも自分なのに。

一分で着替えを済ませるなんて不可能だ。

理不尽すぎる要求に、二回目のため息をこぼす。あの様子だと、お仕置きも普段の何倍もきついはずだわ。

暴力は好きじゃない。するのも、受けるのも。

私は周囲を見渡して、廊下に誰もいないことを確かめる。

「仕方ないわね」

どっちにしても不機嫌さは変わらない。ならばせめて、よりマシなほうを選択するだけ。

私は自分の胸に手を当てる。

「時よ、逆巻け」

物の時間を遡る魔法を発動する。十数秒前に時間を戻せば、水を掛けられる前の状態になる。

この魔法は生物にも有効だ。私の身体と、私が着ていた服は綺麗になる。まだ時間的に少し早い。

もう少し……五十秒くらいの時点で、扉をノックする。

「お嬢様、ただいま戻りました」

「……」

「お嬢様？」

返事がない。なるほど、今度はそう来るのか。

つくづく意地が悪い。時間制限を設けながら、入室の許可を与えない。

さっき注意されたばかりだ。許可もなく中に入れば、問答無用に罵声を浴びせられるだろう。

考えが甘かった。私には最初から、怒られる以外の選択肢がなかったらしい。

「はぁ……もう……」

我が姉ながら、呆れるほどにやることが子供ね。

それじゃまるで、誰にも選ばれなかった理由を、自分自身で示しているのと同じことよ。

一分が経過する。しばらくしてもう一度ノックをして、今度は返事があった。

中に入る。意地悪なニヤケ面で彼女は言う。

「一分、守れなかったわね」

「……一分前にはお声がけしたはずですが」

「何よ？　私に口答えする気？　そんなにもお仕置きされたかったのかしら？」

「……申し訳ありません」

ため息すら出なくなる。反論した私も馬鹿だった。今の彼女に何を言っても、火に油を注ぐのと同じことだ。

お姉様はただ、私をイジメたいだけなのだから。

この日を境に、屋敷での生活はより過酷になった。

何をしても罵声を浴びせられる。普段通りに仕事をこなしても、何かに理由をつけてお姉様は文句を言う。

私は逆らえない。今の私は侍女で、お姉様の命令は絶対だから。

ただの侍女に、主人に逆らう権利はない。仕事をしては怒られて、お仕置きと称して暴力も振るわれる。

他の使用人たちは見て見ぬフリをする。お父様も知ってか知らずか、私の前に現れない。

「痛っ……」

日に日に生傷が増えていく。魔法で回復させることはできるけど、痛みを感じないわけでもない。叩《たた》かれたら痛いし、血だって出る。

痛いのは嫌いだ。けれど今の私にはどうすることもできない。

騎士王と婚約したところで、この屋敷での私の立場は何も変わらなかった。

いや、むしろ……。

「最悪な日々ね」

私は自室で眠りに就けず、夜空を見上げながら思う。本当にこの選択は正しかったのだろうか。

私のことを婚約者にしたあの男は、今頃どこで何をしているのか。顔くらい見せてくれてもいいのに、なんて……。

「笑っちゃうわね」

何を他人に期待しているのか。

選択肢はなかった。半ば強引に決まった婚約に、どんな信頼があるのだろう。

そんなものはない。もしも先日の出来事が夢で、アスノトが私をからかっているだけだとしたら……。

さらに翌日。お姉様の当たりは強いまま、私は逃げるように中庭の掃除をしていた。

中庭の掃除中ならお姉様も邪魔してこない。屋敷の中よりも外のほうが安全なんて、なんという皮肉だろう。

それもこれも、全部あの日……。

「あんな男に見つかったせいだわ」

「ひどい男に見つかったのかい。それは大変だ。ぜひとも騎士として君を守らないと」

「そうね。じゃあぜひお願いするわ。鏡に向かって自分に注意でもしていればいいのよ」

「ははっ、それは恥ずかしいな」

いつの間にか私の隣に立っていたアスノトが笑っている。

今その笑顔を見ると無性に腹が立つ。

「まだ三日目よ？　こんなところにいていいのかしら？」

「あれ、ご機嫌斜めかな？　これでもかなり急いできたんだけど……その顔の傷……姉にやられたのか？」

「他にいないでしょ？」

私はハッキリと肯定する。苛立っていて、取り繕う気すら起きなかった。

「ひどいな。せっかく綺麗な肌なのに」

「――！」

彼は私の頰に触れる。優しく、悲しむような瞳で見つめながら。

顔が一気に近づく。私は咄嗟に彼の手を叩き、後ろに下がった。

「急に触らないで」

「すまないね。こうなることはわかっていたのに……自分の無力さをこれほど呪ったことはないよ」

そう言って彼はまっすぐ私を見て、深々と頭を下げた。

天下の騎士王が、侍女の格好をした私に頭を下げているなんて……他の女性や貴族が見たらどんな反応を見せるだろう。

その姿勢には、彼なりの誠意が込められているように感じた。

「準備は整った。だから改めて聞かせてほしい。君が今、望むものは何だい？　可能な限り応えよう」

「最初から決まっているわ。平穏な生活よ」

「それは……今すぐには難しい」

「……知っているわよ。でもせめて……」

私は屋敷を見つめる。この場所は、今の私にとって本物の地獄に等しい。

願わくばここから抜け出したい。平穏じゃなくても……。

「痛い思いは……したくないわね」

私は本音を漏らす。口にするつもりはなかったのに、思わず声に出てしまった。

その言葉を彼は聞く。

「わかった。だから君をこの屋敷から連れ出そう」

アスノトは右手を私に差し出す。

「まだ約束の三日間は来ていないわよ？」

「知っているよ。でも無理だ。もう俺は我慢できない。傷つき苦しんでいる君を知りながら、あと一日あるから？　そんな理由で看過はできないな」

「……本気で言っているの？」

「もちろん、俺は嘘が嫌いなんだ」

そう言って彼は、差し出していた手を一度引っ込めた。私が握らなかったから、少し残念そうに。

「君の願い、平穏な生活をすぐに叶えることは難しい。ただ、今いる場所から救い出すことはできる。君は今、ここを抜け出したいと思っているんじゃないのかな？」

「……」

図星だ。心を読まれた……違う、私が心を露呈させた。表情で、言葉で、彼に伝わった。

ここにいたくない。逃げ出したいという本音が。だから彼は提案してくれているんだと、私はすでに知っている。

気づいている。彼なりの優しさだと。

「一存で決められないでしょう？　その辺りは大丈夫だったのかしら？」

「問題ないよ。父上も、母上も了承する。了承してくれた」

「驚いたわ。こうもあっさり受け入れられるのね」

「俺は本気だからね？　君を婚約者に選んだのは、ただの気まぐれでもお遊びでもない。俺は本気で、君が気に入っている」

今度は強引に、私の手を掴んでくる。強く、だけど優しくぎゅっと握る。

温かくて、大きな手だ。

「俺は騎士だからな。人々を守る責務がある。でも……俺の手の届かない場所で何かあってからじゃ遅い。だから傍《そば》に、俺の目の届くところにいてほしい」

「それじゃただの庇護《ひご》対象になるわよ？　いいの？　他と変わらないわ」

「変わるさ。君は他の女性にはない魅力がある。容姿や力だけじゃない。君にはいくつもの秘密がある。俺は知りたいんだよ、君のことをもっと」

「……知ってどうするの？」

私の過去を、前世の後悔を知ったところで、彼に何の得があるのだろう。

同情されるだけか。

それとも、そんな人間とは付き合えないと言われるだろうか。いいや、それ以前に信じないだろう。

虚言を吐くおかしな女だと思われるに違いない。

「決まっているよ。君を知って、もっと君のことを見ていたい。俺を……君に夢中にさせてくれないか？」

「――あなた……」

彼は目を輝かせている。

そんな無邪気でまっすぐな瞳を見つめながら、私は驚きと呆れを合わせて言う。

「よくそんな恥ずかしいセリフが言えるわね。こっちが恥ずかしくなるわ」

「ははっ、君こそハッキリと言ってくれるじゃないか。そういうところも気に入っているんだ」

彼はニコリと微笑む。

「誰もが俺と話すとき、気を遣って、愛想笑いをして本心を隠している。上辺だけの付き合いに価値なんてない。疲れるだけだ……」

「それは同感ね」

「そうだろう？　何十、何百なんて周りにいなくてもいいんだ。俺はただ一人でも……心から信頼できる人がいてくれるほうが嬉しい。そんな相手を見つけたいと日々思っている」

そう言いながら、彼は私に微笑みかけてくる。

まるで……。

「それが私だと言いたいの？」

「俺はそう思っているよ。君とならそうなれるはずだ。だから婚約者に選んだ」

「……」

「君もそうじゃないのか？」

「え？」

私たちは視線を合わせる。アスノトは続けて語る。

「君ならあの状況でもなかったことにできた。そんな気がする」

「……そうかもしれないわね」

「でも君はそうしなかった。俺との未来を選んでくれた」

「それ以外に選択肢がなかっただけよ」

「そうだとしても、君も少しは期待したんじゃないのか？　君が本当に求めるものが、この先にあるかもしれないと」

私が本当に求めるもの……？

その言い方はまるで、私が求めているのが平穏な生活じゃないと聞こえる。

もしも本当にそんなものがあるのだとしたら……私自身が気づいていないだけで、彼はそれを、教えてくれるというの？

「あなたは何が言いたいの？」

「俺たちは似た者同士だってことだよ」

「どこがよ」

「そのうちわかるよ。俺と一緒にいればね」

彼は改めて私の手を両手で握り、自分の胸に引き寄せる。

「俺の元においで。この場所から……俺が連れ出すから」

「……」

私にとっての地獄。前世で経験した燃える屋敷と、今いるこの場所……安らげる時間がなくなってしまった今よりも、さらに一歩踏み出すべきなのだろうか。

私はこの人を……どこまで信用できるだろう。

不安はある。それでも、私の答えはもうとっくに決まっていた。これは、せめてもの照れ隠しだ。

「……一つだけ条件があるわ」

「なんだい？」

「一緒の部屋は嫌よ」

「それは残念だ。せっかくなら同じベッドで眠るのも悪くないと思っていたのに」

先に言っておいてよかった。男と同じベッドで寝るなんて、前世を含めても一度もなかったことだから。

そこまで許す気にはなれない。ただ、今いる場所よりはいくらかマシだろうと思う。

「あなたの屋敷に行くわ」

「決まりだね。俺はこれから、君の父上に少し文句を言ってくる」

「文句、ね。気の毒だわ」

お父様のほうが、だ。

アスノトは怒っていた。私が傷ついていることを知って。大切な婚約者が傷つくような場所に、残り一日でも残したくないと。

お父様は肝を冷やすだろう。天下の騎士王様が、長年冷遇してきた不義の子のために本気で怒っている姿を見れば……。

私だけじゃない。きっと、お父様やお姉様も思っていたはずだ。これは、アスノトの戯れかもしれないと。

そうじゃないと知った時、彼らはどんな顔をするのだろうか。

直接見られないことだけは少しだけ残念だった。

「そうね。終わるまで荷造りでもしているわ」

お父様やお姉様と顔を合わせると、また何を言われるかわからない。

ここでの私はか弱い侍女だ。ならば存分に、頼れる騎士王様に守ってもらおう。

◇◇◇

「どういうことですか？　お父様」

「話した通りだ。アスノト殿より要望があった。イレイナは今日からグレーセル家の屋敷で暮らすことになる」

すでに話は進み、イレイナは屋敷を出発した後だった。

それをストーナが知ったのは、彼女が出発した直後であり、それまで知らされてはいなかった。

予定ではイレイナが屋敷を出るのは明日だったはずである。三日という期限にはあと一日足りていないにも関わらず、イレイナは屋敷を出て行った。

出て行くことを許してしまった。これにストーナは怒っている。

「どうして私に教えてくださらなかったのですか？」

「アスノト殿から急に今日、イレイナを連れて行くと話があったのだ。お前に伝えていなかったことは悪いと思っている」

「……お父様も、イレイナの味方をするのね」

「そういうわけじゃない！　だが、イレイナがアスノト殿に気に入られているのも事実だ。私はルストロール家の当主として、この家を守らなければならない」

ルストロール公爵は焦りを発露する。

ここ数日、ストーナの苛烈な行いを黙認しつつ、イレイナと関わらないようにしていたのは、アスノトやイレイナの真意を確かめるため、だけではない。

彼は自身の立場と貴族としての未来で揺れていたからだった。

アスノトの生家であるグレーセル家は、同じ公爵家であっても、王国内での地位はルストロール家よりも上である。

彼らと縁づくことは、家名を大きくする上で必要なことだった。そのためにイレイナを利用できるなら構わないと、ルストロール公爵は考えていた。

「わかってくれストーナ。お前にはもっといい相手が見つかる」

「……騎士王様よりも？　そんなお相手、もう王族しかいないわよ」

「……」

「お父様が私と王子様を引き合わせてくれるの？　だったら嬉しいわね」

ストーナの怒りは沸々と膨れ上がる。

妹に先を越された。恥を感じ、怒り、妬む。もはや自分の味方をしてくれる父の言葉すら、彼女は聞き入れない。

「……イレイナなんかより、私のほうがいいに決まってるのに」

彼女は決意する。

必ず、愚妹から騎士王を奪ってみせる、と。

第二章

今世では平穏を望んだ。けれど私という人間は、どうしたって平坦《へいたん》な道は歩けないらしい。そういう運命にあるのだろうか。

だとしたら、こんな運命を背負わせたのは誰？

神様？

一度ちゃんとお話をしましょう。ゆっくり、お茶を淹《い》れて。

「はぁ……」

「君はため息が多いな。そんなんじゃ幸せが逃げて行ってしまうぞ？」

「逃げる以前に幸せが訪れていないのよ」

「それはおかしいな。君は今、幸せを手に入れている最中だと思うのだけど？」

彼はニコリと微笑みながら語り掛けてくる。

胡散臭い演技を見ているようだ。これを素でやっているからこそ恐ろしい。私は二度目のため息をこぼす。

「はぁ……まだ到着しないの？」

「もうすぐだよ」

「王城から離れているのね」

「そうだよ。元々俺の家は王都の外にあったんだ。俺の父が王国騎士団に入団したことをきっかけに、王都で暮らすようになった。今使っているのは、別荘だったところを改築した屋敷だよ」

「そうなのね」

てっきり最初から王都に居を構えていると思っていた。彼《か》のグレーセル公爵家は、今では王都でも名の知れた貴族の一角となっている。けれどそうなったのは、アスノトが騎士王の称号を獲得して以降だった。

彼が騎士王となったことで、グレーセル家は王族に次ぐ貴族の家柄に成長したらしい。らしいというのは、出発前に急いで調べたからだ。

世論とか、今の貴族関係に興味がなかった私は、これまで他の貴族たちの情報を調べることはなかった。

さすがにこれからお世話になる家柄だから、最低限の知識は必要だろうと思い、珍しく調べておいた。

もっとも、そこまで詳しいわけじゃないけれど。

それでも理解した。アスノト・グレーセルという存在の大きさを。

私は皮肉交じりに言う。

「グレーセル家にとってもあなたは家を大きくした英雄なのね」

「そんなことないさ。家を大きくしたのは父の代からだよ。それまでグレーセル家は、公爵家の中でも、そこまで大きな家じゃなかった。父が実績を積み、騎士団の部隊長にまでなったことが、一番の分岐点だよ」

そう語るアスノトの横顔は、どこか誇らしげに見える。

私はそんな彼を見ながら尋ねる。

「父親のこと、尊敬しているのね」

「当然だよ。俺は父上の背中を見て育った。父上のような騎士になりたくて、この道を歩んだんだ」

「……そう。素敵なことだわ」

私とは大違い。今世でも、前世でも、私は父の背中に憧れることはなかった。

むしろその逆で……。

「着いたよ」

馬車が停《と》まり、少し揺れる。

アスノトが先に下車して、私に手を差し伸べる。

「さぁ、どうぞ」

「ありがとう」

こういう所作も騎士らしい。さりげないエスコートも、彼が女性に人気な理由の一つだろう。

私は彼の手を取り、引かれながら馬車を降りる。そこには屋敷がぽつりと建っていた。王都郊外、周りには建物がなく、住宅地からも距離がある。

別荘を改築したという話だったけど、予想していたよりも小さかった。騎士王を輩出したグレーセル家の屋敷にしては、こぢんまりとしたものだった。

「改築したなら、もっと大きくすればよかったわね」

「必要ないよ。無駄に広い家は落ち着かない。騎士団の遠征で使うような簡易施設の部屋のほうが、俺は落ち着く」

「職業病ね」

「ははっ、そういうことかもしれないね。父上も同じみたいで、改築の時には少し屋敷を小さくしたんだ」

改築で大きくするどころか逆に小さくしていたなんて。

つくづく貴族らしくないことをする。思えば前世に、貴族で騎士の家系という者たちは存在しなかった。

騎士は貴族を守るもの。故に騎士になるのは、貴族たちではなく平民だった。

現代では騎士という職業が、貴族にとっても大きなステータスとなっている。

「時代も変わると考え方も変わるのね」

「ん？　何か言ったかい？」

「なんでもないわ」

「そうか？　じゃあ行こう。君の部屋に案内するよ」

アスノトは私の手を握る。

嫌がって抵抗しても、結局最後は手を取られる。だから諦めて、彼に手を引かれることにした。

別に心から嫌がっているわけでもないし、ただ……少し恥ずかしいだけだ。

私たちは屋敷に入る。すでに夜も更け、屋敷の灯《あか》りは最小限だった。

そのせいか、使用人の姿もほとんど見えない。まれにすれ違うけど、彼らは私に驚いている様子はなかった。

淡々と挨拶をして頭を下げている。すでに私が来ることは周知されている、ということなのだろう。

　そうしていつの間にか、廊下を歩いているのは、私とアスノトだけになっていた。

「ここが君の部屋だよ」

　案内された一室に入る。

　ベッドがあり、机やソファーもあって、私がルストロール家で暮らしていた部屋よりも広くて綺麗だ。

「隣が俺の部屋だ。もし何かあれば気軽に言ってくれ」

「そう……ご両親への挨拶はしなくていいのかしら？」

「もう遅い時間だ。父も母も、寝る時間が早くてね。今はもう休んでいるよ」

「そうなのね。だったら起こしてしまうのは申し訳ないわ」

　眠りを妨げられる不快さは、私もよく知っている。

　彼がいいと言っているんだ。今すぐ挨拶をする必要はないだろう。

　それに私も……少し疲れた。

「私も休ませてもらうわ」

「わかった。何かあれば呼んでくれて構わないよ」

「そうするわ」

と口では言いつつ、呼ぶことはないだろう。

アスノトは一言、おやすみと告げて部屋を出て行った。

少し意外だった。

彼のことだから、もう少し強引に部屋に居座ったり、一緒のベッドで眠ろうとか提案される気がしていたけど。

彼なりに気を遣ってくれたのだろうか。私はさっと寝巻に着替えて、倒れるようにベッドへ横になる。

「ふぅ……」

寝転がって天井を見上げる。今夜からここが、私の家、私の部屋になる。

馴染《なじ》むことができるだろうか。安心できるだろうか。

正直今は、不安のほうが大きい。けれど疲れが溜《た》まっていて、お姉様の嫌がらせもないことは安心できるから、目を瞑ると自然に……意識は沈んでいく。

◇◇◇

翌朝、私は目覚める。身体は少し気だるげで、目を開けると見知らぬ天井があって少し困惑する。

数秒、呼吸を止めて考えた。

「……ああ、そうだったわね」

ここはルストロール家の屋敷じゃない。

私は今、グレーセル家の屋敷、その一室にいる。起き上がり、ベッドの横の台を眺める。

「服がない？　あ……」

探していたのは侍女として働くための服だった。

そして気づく。私はもう、侍女として働く必要がなくなったことを。

「そうよね。ここはルストロール家じゃない」

私はアスノトの婚約者として、グレーセル家にやってきた。

もう働く必要なんてない。

労働からの解放だ。喜ぶべきはずなのに……なぜかちょっぴり寂しさを感じる。

今さらだけど、案外気に入っていたらしい。

侍女として働く日々を。名残惜しさを感じるなんて、我ながら贅沢《ぜいたく》だ。

時計を見る。思った通り、時間はまだ早い。

外もようやく明るくなってきた頃合いだった。

普段なら身支度を済ませ、お姉様を起こすまでに自分のことを全て終わらせる必要がある。急ぐ必要がないと思うと、逆に何をしていいかわからない。

今からもう一度寝る？

目はパッチリ冴《さ》えているし、今さら眠れそうにない。

「どうしようかしら……」

そういえば、今朝からどうすればいいのかアスノトに聞き忘れていた。

この屋敷での私の立ち位置は未《ま》だ曖昧だ。使用人の方々は、さすがに知っていると考えて、待っていれば声をかけてもらえる？

それともアスノトが来てくれるのだろうか。

起こして聞こうと思えば、彼の部屋はすぐ隣だから簡単だけど……。

私は窓の外を見る。

「ちょっとくらいいいわよね」

私は窓を開ける。風が吹き抜け、それに向かうように飛び出す。

ちょこんと風を操り庭へ着地した。

昨日は暗くて見えなかったけど、この屋敷は庭が広くて、周りも自然が広がっている。ルストロール家よりも空気が綺麗だ。

私は深呼吸をする。

王都の喧騒《けんそう》はなく、風と草木の音だけが聞こえてくる。

「いいわね。こういう朝も」

「──朝は早いんだな」

ふと、風に乗って声が届く。

私は振り返る。そこにはアスノトがさわやかな笑顔を向けて立っていた。

「あなたこそ、早いのね」

「騎士だからね。君は？」

「侍女として働いていたから、その癖よ」

「なるほど」

彼は話しながら私の隣に歩み寄ってくる。

「何をしているの？」

「朝の鍛錬だよ。今から始めようと思ったら君が見えた」

「そう、邪魔しちゃったみたいね」

「邪魔とは思っていないよ。むしろラッキーだ。朝から偶然、君とこうして会えたんだから」

中庭にはベンチがある。アスノトはそこへ座り、隣を軽く叩く。

「君も座りなよ」

「いいの？　鍛錬はしなくて」

「するさ。でもその前に少し話そう。時間ならあるからね」

「……そうね」

それくらいなら付き合ってもいい。

私は彼の隣に座る。一人分の距離を離して。

「もっと近づいてくれないのかい？」

「念のためよ」

「ははっ、その不安もいずれは解消したいところだね。どうすれば信用してもらえるのかな？」

「……さぁ、わからないわ」

私は青空を見つめる。雲一つない、清々しいほどに青が広がる。

こんなにいい天気でも、雨は降るかもしれない。

「信用って、どうすればいいのかしらね」

「わからないのよ。信用するっていう感覚が……」

「それはたぶん、相応に裏切られてきた結果じゃないかな」

アスノトの一言は核心を突くように、私の胸にチクリと刺さる。

その通りだ。信用しても、信じても、裏切られると知っている。だから私は、他人を信用しなくなった。

他人に、期待しなくなった。

「だったら俺が信用させてみせよう。君の願いを、思いを、俺にどんどん教えておくれ。その全てに応えられるように、俺は精一杯向き合うから」

珍しく真剣に、アスノトは私のことを見ている。

まるでこの言葉に嘘はないと、全身で示しているように……。

「そう、じゃあ、楽しみにしているわ」

天下の騎士王がそう言っている。

なら少しくらい……期待してもいいのかもしれない。

「どうって?」

◇◇◇

木剣を手に、彼は剣を振るう。

何十、何百、何千回。決められた型に沿うように、彼はひたすらに剣を振り続けていた。その姿を、私は見ている。普段の飄々《ひょうひょう》とした態度とは打って変わり、真剣に剣を振るう姿に、多くの騎士たちが憧れる背中に、私も引き込まれそうになる。

「意外ね」

「ん？　何がかな？」

「普通に努力していることよ。騎士王なんて呼ばれてもてはやされているから、てっきり天性の才能をひけらかす男だと思っていたわ」

「ひどい言われようだな」

アスノトは苦笑いをする。

彼は木剣を腰に差し、大きく深呼吸をしてから私のほうを見る。

「才能は皆が持っている。大事なのは自分の才能とどう向き合い、どう磨くかだよ。努力なくして結果は出ない。少なくとも俺はそう思っている」

「賢明な意見ね。そういうのは嫌いじゃないわ」

「へぇ、君は真面目な性格がタイプなのかな？」

「すぐに色恋につなげるところは嫌いよ」

「おっと、それは残念だ」

やれやれと首を横に振り、彼は私の隣に座る。

一つ分の距離を置いて。意外に思って、私は少し驚く。

「どうかした？」

「てっきりもっと近づくと思ったわ」

「汗だくだからね。今近づいても、君に嫌われてしまいそうだから」

そう言いながら自分で持ってきていたタオルで汗を拭いている。

朝の鍛錬を始めて一時間と少し。彼は休みもせず、おそらく日課であろう鍛錬を続けていた。

涼しい時間だけど、激しく動けば汗も流れ落ちる。

「別に、汗を汚いとは思わないわよ」

「そうなのか？」

「ええ、少なくとも努力の汗は嫌いじゃないわ」

「じゃあもっと近づいても？」

「それとこれとは話が別よ」

だから近づいてもいい、という意味ではない。

あくまで努力して流した汗は、汚いとは思わないという持論を口にしただけだ。

汗を拭き終わったタオルをベンチの背にかけ、彼は一呼吸置いてから私に言う。

「君は不思議だな。年はそう変わらない。俺よりも若いはずなのに、どこか年季のようなものを感じる時がある。年の割に達観しているというか。大人の落ち着きというのかな？」

「そうかしら？　小生意気なことを年相応に言っているだけよ」

「そうやってハッキリ物が言えることもだよ。ルストロール家でもそうだったのかい？」

「まさか。こんな態度をとっていたら毎日お仕置きよ」

ルストロール家では、弱々しくてのろまな妹を演じていた。

そうしたほうが都合がよかった。特にお姉様は自尊心の塊だ。

自分より遥《はる》かに劣っている私の存在が近くにあると、精神的に安定する。

結果、罵声は減らないけど手を上げられたりすることはなくなる。この立場を利用して、無難に、平和に過ごすための方法なら心得ている。

もっとも、今はその必要もなくて、何をしたところで逆効果になるだろうから、近寄らないことが一番の対策だ。

「お仕置き……ね。どんなことをされていたのか聞いても？」

「普通よ。叩かれたり、叱られたり、不出来な使用人にはそういうものなのでしょう」

「……君はそれに耐えていたのかい？」

そう尋ねた彼の表情は不満げで、少し怒っているように見えた。

私は首を傾《かし》げる。

「どうしてあなたがそんな顔をするの？」

「怒るのは誰でも、腹が立つからだよ。君は腹立たしくはなかったのかい？　同じ屋敷で暮らす家族にそんな扱いを受けて、少しも理不尽だとは思わなかったか？」

「思うわよ。けど仕方ないわ。私は本妻の子供じゃなかった。それに魔法使いとしての才能も、あの人たちはないと思っているのよ」

だから私は冷遇された。その境遇を利用して、目立たぬように生きてきた。

ある意味では、彼らも私の人生設計に協力してくれていたようなものだ。

感謝することはないけれど、恨むことも……。

「よくないな。それは」

「え？」

「君のそれは諦めだ。今、過去、未来に対して幸福を諦めて、最低限で満足しようとしていないかい？」

「――！」

私は目を見開く。図星だった。誰よりも素晴らしい成果とか、世界で一番幸せとか。そんな無理なことは望まない。私がほしいのは、誰もが当たり前のように持っているはずの、普遍的な幸せだ。

それ以上は望まない。より幸福なんて望めるほど、私はいい人間じゃない。

そう思っていたことを、私は見透かされた気分だ。

「達観していると言ったのは訂正しよう。君はただ、諦めがよすぎるだけだ。それはいいことじゃない。君はもっと欲張るべきだ」

「欲張る？　何に？」

彼は立ちあがる。

そっとイレイナの肩に触れる。

「自分にだよ、イレイナ」

「……」

「誰でもない、自分のことにもっと欲張ればいい。ありきたりな幸福？　そんなものは俺が用意しよう。それ以上のことを君は望んでもいいんだ」

「……ふっ、そんなセリフ、よく本気で口にできるわね」

おかしくて、私は笑ってしまった。

彼の言葉に嘘はない。本心からそう思っているとわかるから。

「君に信用してもらいたいからね。これくらいは格好つけるさ」

彼は私に手を差し伸べる。

「そろそろ行こう。朝食の前に、父上と母上に話をしたい。先に伝えておくけど、君には謝らないといけないことがある」

「どういうこと？」

「それも含めて、二人がいる場で話したい」

「……わかったわ」

よくわからないけど、アスノトの表情は悩ましげで、これ以上聞かないでほしいという空気が伝わった。

当主様たちがいる場で話してくれるというなら、今この場で無理に聞く必要はないだろう。

私は彼の手を取る。運動したばかりで、いつもよりも温かい。

ほんのり汗で湿っている。

「気持ち悪くないかい？」

「言ったでしょ？　努力の汗は嫌いじゃない。むしろ好きなほうよ」

「その好意が、いずれ俺に向けられてくれるようになってほしい」

「それは今後のあなた次第じゃないかしら？」

私がそう言うと、彼はちょっぴり驚いたような反応を見せる。

そうして笑う。

「よかった。キッパリ否定されないってことは、可能性はちゃんとあるってことだね」

「――！　……」

「あれ？　違ったかな？」

「いいから行きましょう。ご両親が待っているのでしょう」

「そうだね。行こうか」

私はアスノトに手を引かれて屋敷へと歩き出す。

不覚だった。自分でも無意識に出た言葉に、後になってから後悔する。私は……彼に期待していたのだろうか？

◇◇◇

「すまないが、お前たちの婚約は認められない」

「……え？」

思わず声が漏れる。

アスノトに連れられ、私はご両親と朝食前に顔合わせをすることになった。そして今、予想外の一言に驚愕している。

まさかこの段階で、婚約を両親から拒否されるとは予想していなかった。

私は困惑して隣に立つアスノトを見る。

「……ちょっと、どういうことよ」

私は彼にしか聞こえない小声で尋ねる。

屋敷で暮らすためには屋敷の主、つまり彼の両親の了承が必要だ。

それは自分に任せろと息巻いていたのに。それ以前の問題に直面している。さすがの私も、一体どういうことだとこの場でもっと詰め寄りたい気分になった。

「ちょっとあなた、そんな言い方はイレイナさんに失礼でしょう？」

すると、アスノトではなく、当主である彼の父の隣から声が上がる。

隣に座っているのは彼の母親。

当主様は厳格そうな雰囲気だけど、公爵夫人はとてもおっとりしていて、表情も柔らかい。

彼女はやさしく怒りながら続ける。

「それじゃ私たちが、二人の婚約に反対しているみたいでしょ？」

「む、そうか。言い方を間違えた」

私は首を傾げる。

反対しているわけではないというの？

その疑問の答えを、当主様が続けて口にする。

「我々としては歓迎する。他でもないアスノト自身が決めた相手ならば……だが、我々にも貴族としての立場がある。身内が納得するだけではダメなのだ」

「……？」

どういう意味なのだろう。婚約は本来、本人たちの意思と、両家の同意があれば成立する。

世間の目は確かにあるけど、極論当事者たちが同意していれば関係ない。

今回の件も、ルストロール家はすでに同意済みで、当主様たちも認めているようだ。

それでも婚約を受け入れられない理由があるということ？

一体何？

私は疑問が表情に漏れる。それを見た当主様が何かに気づき、アスノトに視線を向ける。

「どうする？　私から伝えてもよいのか？」

「いえ、私が伝えます。大事なことですので」

「そうか。ならば任せる」

アスノトと当主様は二人で会話をすすめ、分かり合っているような雰囲気を見せる。

当の私はまったく理解できない。どういう事情があるのだろうか。

アスノトに視線を向けると、彼は少々申し訳なさそうな顔で言う。

「イレイナ、実は一つ、君に伝えていなかったことがある」

「……それは？」

「俺には婚約者がいたんだ」

「――！」

さすがに驚いた。名だたる騎士王様のことだから、婚約者がいること自体は普通のことだろうと思う。

けれど彼は、私に婚約者になるように求めてきた。すでに婚約者がいるのにそんなことをしたのかと、驚いたのだ。

「その相手は……ラティーナ姫」

「――！　王女様？」

アスノトはこくりと頷く。ようやく話が見えてきた。と同時に、私は少し呆れてしまっている。

まったくこの男は、どうしてそんな重要な話をしていないのか……私は問《と》い質《ただ》すようにアスノトを見る。

「すまない。最初に伝えるべきだったんだが、君への想いが先行してしまった。一度決めると周りが見えなくなるのは悪い癖だと、父上にも注意されたよ」

チラッと当主様に視線を向けると、小さくため息をこぼしているのがわかった。さぞ大変だっただろう。

アスノトは理解していないのだろうか。王女様との婚約を断り、私を選ぶという意味が……。

アスノトは詳しく説明を続けた。

この国、ヒストリア王国の第一王女ラティーナ・ヒストリア。彼女との婚約は、王家から直々に話が上がったそうだ。

ちょうど一年ほど前から。アスノトの意思で現在にいたるまで保留にしており、そのことを知る人間は少ない。

彼女はこの国でもっとも美しい女性と称されている。

そんな女性との婚約を反故《ほご》にするなんて、王族に対する非礼以外の何ものでもない。

もし、この事実を知れば、王族に限らず国民からも非難の声が上がるだろう。

説明が終わったところで、当主様が私に言う。

「そういう理由で、王女様との婚約を受け入れず、他の女性と婚約するのであれば……相応しい理由と相手でなくてはならない。君を否定しているわけではないが……」

「いえ、わかっています。お気遣い頂き感謝いたします」

王女様と比べられているんだ。誰だって見劣りするし、比べる土俵にすら立てない。

私じゃなくても、仮にお姉様であっても同じことになるだろう。

「ごめんなさいね。私たちにもっと発言力があればよかったのだけど」

「いいえ、お気遣い頂けたことを嬉しく思います。ただ、そういう事情があるのであれば、私がこの屋敷で共に生活するのは難しいのでしょう」

「ああ、そうなってしまう」

婚約者でもない。赤の他人、しかも異性を屋敷に住まわせる。

それだけの理由がない。仮にも彼は騎士王と呼ばれている人物だ。

騎士の代表たる彼が、異性を理由もなく屋敷に連れ込み、住まわせている……。

そんな噂が広まれば、人々は彼に疑いの目を向ける。これまで築き上げてきた騎士としての姿が壊れてしまいかねない。

それは彼らにとっても、王国にとっても不利益でしかなかった。

正式に婚約者となれないのなら、長期的に滞在することは難しいだろう。

「数日であれば来客としてここで過ごしてもらって構わない。だがいずれは……」

「はい。ありがとうございます」

数日だけでも居場所を提供してもらえるなら十分だ。とは言え、またあの屋敷に戻ることになるのか。

正直憂鬱だ。婚約者になれなかったと知れば、あの人たちはどんな反応をするだろうか。

想像せずともわかってしまう。だからゾッとする。

それでも、ここが限界だろう。

「本来ならば、だ」

「――！」

「俺が君をあの場所へ帰すと、そんなことをすると思っているのか？」

アスノトは得意げにそう言った。ふと、彼の言葉を思い出す。もっと自分のことで欲張ればいい……と。

「アスノト……」

「父上、母上、王女様との婚約の話はまだ保留のままです。決まったわけではありません。そうですよね？」

「ああ、その通りだ。あちらも無理にとは言っていない」

「私たちも、あなたの意思を尊重したいと思っているわ」

「ありがとうございます。なら、俺の意思はここにあります」

彼は決意を胸に、両親に向かって宣言する。

「俺が婚約したいのは彼女です。今は難しくとも、必ず彼女を俺の婚約者にしてみせます。周囲にも、認めさせるつもりです」

真剣な表情で。どうしてそこまで、私なんかに拘《こだわ》るのだろうか。どうしてそこまで、私に本気になれるのだろうか。

私にはわからなかった。

「ただ、今すぐには難しいこともわかっています。かといって、彼女をあの屋敷に戻せば、きっと幸福な未来は訪れない。彼女にとっても、俺にとっても……」

彼は私に視線を向ける。

意思を問うように、君はあの場所に帰りたいのか、と。もちろん答えは、否だ。

「君をこのまま、この屋敷に留《とど》める方法を考えた」

「方法が……あるの？」

「ああ。一つ、思いついた。ただこの方法は……正直あまり好きじゃないんだ」

私は首を傾げる。彼が思いついた方法が、どういうものかわからなくて。それに対して彼が後ろめたさのようなものを感じているのも。

「方法は……ある。だがこの方法には……」

アスノトは私を見つめている。

「ふふっ、頑固なところはあなたにそっくりね」

「まったくだ」

「ふふっ」

当主様や奥様も呆れていた。すでに二人は知っているのだろう。アスノトの考えを
……私だけが知らない。

早く知りたくて、私はアスノトに視線を送る。

「イレイナ、君はあの屋敷でどんな役割を与えられていた？」

「それは……！」

ようやく悟る。そして思わず……。

「ふふっ」

笑ってしまった。なるほど、と理解したからだ。

なぜ彼が気乗りしていないのか。それはきっと、自分が否定したい相手と同じことをしてしまうからだろう。

そう、彼が思いついた方法というのは……。

「私を、この屋敷の侍女として迎え入れる、ということですね？」

「そうなる。それなら、君をここに残す理由ができる」

来客ではなく、この屋敷で働く人間の一人としてなら、共に暮らしても不自然じゃない。いいや、不自然ではある。

公爵家の令嬢が、同等の地位を有する貴族の家で侍女として働く……そんな前例はない。

だからきっと誰もが疑問に思うだろう。

それなら隠せばいい。私がこの屋敷で働いていることを。

「イレイナ、君はルストロール家でも侍女として振る舞っていた。つまり、侍女として働くために必要な教育は受けているということだな」

「はい。その通りです」

「話はアスノトから聞いている。だがわからない。なぜ自分の家で侍女に？」

私とアスノトの会話に、当主様が口を挟みこんでくる。どうやら、詳しい事情についてはまだ話していないようだ。

彼なりの気遣いか、それとも私のことは自分で話すべきだと思っていたのか。

「それは――」

私は語る。

ルストロール家で私がどんな扱いを受けて来たのか。

「そんなことが……」

「酷《ひど》いわ。仮にも自分の娘にそんな扱いをするなんて……よく耐えていたわね」

「はい」

この二人は善人だ。私の話を聞いて、怒りと憐《あわ》れみを感じている。

能力的に劣っていることを嘲笑《あざわら》うのではなく、私を気遣おうとしているのがわかった。

「この事実は今この場にいる皆様と、ルストロール家の人間しか知りません。お父様はこれを隠しています」

「隠す理由は聞くまでもない。それはただの虐待だ。どんな理由があれ、我が子にしていいことではない」

当主様は怒りを露にする。善人というよりもお人好《ひとよ》しなのかもしれない。

他人のことで本気で怒れる人は稀だ。

アスノトがそうだったように、この二人も……。

「イレイナ、気づいていると思うが、この方法には大きなリスクがある。公爵家の令嬢を侍女として雇うことはできない。ここで雇われるということは、君はルストロール家を――」

私は一応、まだルストロール家の令嬢だ。

今の地位で、侍女として雇われることはできない。

その問題を解消するために、私がまずすべきことは一つ。

「私はルストロールの名を捨てることになる。ということですね？」

「ああ」

「わかりました」

「――！　いいのか……？」

アスノトは酷く驚いていた。おかしな人だ。自分でこの案を思いつき、私に話してくれているのに。

私がこうもあっさり認めたから驚かせたのだろうか。

「構いません。元々あってないような名です。失ったところで何も感じません」

「イレイナ、本当にいいのか」

「いいのよ。これでいい」

アスノトと視線が合う。彼は申し訳なさそうに私を見つめる。

結局、今すぐ婚約者として迎え入れられず、不本意な方法を取らなければならないことに責任を感じているのだろうか？

それなら気にしなくていい。

私も思っていた。早く追い出してくれないかと。

私は前世で地獄を見てきた。だから多少の辛い出来事も耐えられたし、これ以上に酷い過去を知っているから、今ある安定を手放せずにいた。

そうやって、結局あの家に残っていた私だけど、彼のおかげでキッカケができた。

感謝はしている。きっと真剣に考え、悩み、私に話してくれたのだろう。そうでなければ、こんな表情は見せない。

嬉しさよりも悲しげで、自分の情けなさに怒りを覚えているような顔を。

「その代わり、ちゃんと責任はとってもらうわよ」

「ああ、もちろんだ。君の安全は俺が保証する。君の未来も、幸せも、俺が守ろう」

彼は右手の拳を自分の胸に当て、真剣な眼差《まなざ》しを向けてそう宣言する。

左手は腰の剣に触れていた。騎士として剣に、男として胸に誓う、という姿勢の表れだ。

「わかった。この件は私とアスノトからルストロール公爵に伝えよう。君がここで暮らせるように手配する」

「ありがとうございます」

「礼は不要だ。あの話を知って、君をルストロール家に戻そうなどとは誰も思わない。今まで気づきもせずにすまなかった」

「――！　おやめください旦那様、旦那様が謝罪するようなことでは」

意味がわからない。彼には無関係な事情だ。

どうしてそんなにも申し訳なさそうに、私に頭を下げているの？

「私は騎士だ。騎士には国民を守る義務がある。守るというのは賊や魔物からだけではない。皆の生活を脅かす全ての悪からだ。君が抱える問題は、我々騎士が改善すべきことの一つ。そうだろう？　アスノト」

「はい。そのためにも、私は彼女をここへ招いたのです」

「うむ、私とて見過ごせない。君が望むのなら、この先もここにいるといい。君の安全は我々グレーセル家が守ろう」

「――ありがとうございます」

厳しそうな見た目をしているけど、当主様は誰より優しい心を持っている。

奥様もそうだ。一度も私の境遇を笑わない。この二人の下に生まれ、育てられたからこそ……。

「一先《ひとま》ずはこれで、なんとかなるか」

「……そうね」

愚かしいほどまっすぐで、嘘が似合わない男に成長したのだろう。つくづく善良な人たちだ。

結果的だけど、案外悪くないかもしれない。この屋敷での生活は、私に幸せを運んできてくれる。

そんな予感がする。

ただ一つ……。

「もう少し、後先は考えて行動したほうがいいわね。じゃないといつか、大きな失敗をするわよ？」

「ははっ、そういうのは昔から苦手なんだ。考えるより先に身体が動いてしまう。よく同僚からも注意されるよ」

◇◇◇

話がまとまったところで、私はアスノトに案内され、一人の女性と対面した。彼女は使用人だった。

「彼女がうちの侍女たちを束ねている侍女長、アドリスだ」

「初めまして、侍女長のアドリスでございます」

彼女は私に対して深々と頭を下げる。おそらく年齢は私よりも一回りは上だろう。侍女長ということは、これからの私の上司にあたる。

「初めまして、これからお世話になります。イレイナです」

「イレイナ様、ですね。事情はアスノト様からお伺いしております」

私はアスノトに視線を向ける。彼は小さく頷いた。

「どこまでご存じなのですか？」

「イレイナ様がこれまで侍女として働かれていたこと、その経緯について。アスノト様が婚約者として迎え入れるつもりでいることとも」

なるほど、つまりほとんど全て話してあるということか。私はアスノトに尋ねる。

「他の方たちには？」

「ざっくりとだが伝えてあるよ。詳しく説明したのは侍女長の彼女だけだ。もしもこの先、ここでの仕事で困ったことがあれば彼女を頼るといい」

「遠慮なくおっしゃってくださいませ」

「ありがとうございます。では一つお願いできますか？」

「何でございましょう？」

「私に敬称は必要ありません。これからは一人の侍女として接してくださいませんか？」

私がそうお願いすると、彼女はほんの少し驚いたように眉を動かし、私と視線を合わせる。

「よろしいのですか？　イレイナ様は将来、アスノト様の婚約者となるとお伺いしておりますが……」

「そのつもりだぞ」

「だとしても、だから特別扱いされるというのは、他の方々にとってもいい気分はされないでしょう。侍女として働くなら、他の方々と変わらぬ対応をして頂いたほうが、私も気が楽です」

変にかしこまったり、特別扱いされるより、一人の侍女として接し、対応してもらったほうがいいと思った。

一体どれだけの時間を、この屋敷で過ごすことになるのかわからない。ただ、私は助けられた人間だから。

初めからこの場所で働き、貢献している方々に敬意を忘れたくない。

「真面目な方なのですね、イレイナ様は」

「そういうわけじゃありません。これも私の我がままです」

「かしこまりました。では明日より、侍女として働いて頂きます。主にアスノト様の身の回りのお世話を任せますが、よろしいですか？」

「はい。かしこまりました」

私はお辞儀をする。頭を上げると、彼女は右手を差し出していた。

「これからよろしくお願いします。イレイナさん」

「はい」

私は彼女と握手を交わす。

こんな不思議な境遇で、勝手な理由でこの屋敷に転がり込んだ私に対して、一切の疑念や不満を抱いていない。

手を握り、言葉を交わしてわかった。

この屋敷の人間は、なんていい人ばかりなのだろうか。

◇◇◇

翌日の朝。私はいつもの時間に目覚め、着慣れた侍女の服に着替える。

そして身支度を済ませて、隣の部屋の扉をノックする。

中から許可を貰い、扉を開けた。

「おはようございます。アスノト様」

「──ああ、おはよう。イレイナ」

私は今日からこの屋敷で暮らす。

侍女として。

「本当によかったのかい？」

「何がですか？」

「父上からルストロール家には一報を入れた。これで君はあの屋敷に戻る必要がなくなった」

「はい。感謝しています」

「……父上も言っていたし、俺も考えてはいる。別に、本当に侍女として働く必要はないんだぞ？」

ルストロール家が私にしていた仕打ち。それを知った当主の旦那様は怒り、私のお父様に忠告した。

もしもこの事実が明るみになれば、確実にお父様は非難される。

理由はどうあれ、していることは虐待に近いのだから。だからこそ、お父様は家の外では私にドレスを着せて、令嬢として扱っている風を装っていた。

表向きには私が自分の意志でルストロール家を出奔したことになっている。そんな私をグレーセル家が不憫《ふびん》に思い、侍女として雇った。

そういう筋書きになるように、私から当主様にお願いしてある。

この方法なら、私が侍女として働く理由も、グレーセル家が私を雇う理由も成立する。

不憫な私を放っておけずに手を差し伸べた優しい騎士という構図は、むしろグレーセル家やアスノトにとってはプラスの印象に働くだろう。

ただ、他にも方法はあった。

それは一種の脅しだ。

問題を明るみにされたくなければ、私がグレーセル家に留まることを黙認しろ、と。

そしてその事実を、誰にも口外するなという。

「君が侍女として働かずとも、この屋敷を出て行く理由はなくなった」

「侍女になるよう提案したのはあなたでしょう？」

「あくまで立場、表向きの話だよ。そういう風に誘導したほうが話が早いと思っただけだ。本当に侍女として働かせるつもりはない。君もとっくに気づいていると思ったんだが……」

正直そこまで考えていなかった。長年、侍女として生活してきた癖のようなものだろうか。

働くことにまったくの抵抗がなくて、この話がされた時、私はもう受け入れてしまっていた。

そうか。そういう方法でここに残ることもできたのね。

「屋敷の中で侍女として振る舞わなくても、俺は何も思わない。父上も母上も、屋敷の人間もそうだ」

「わかっているわ」

「だったら」

「いいのよ。お世話になるのに、何もしないのは性に合わないの。それに……案外気に入っているのよ。侍女としての仕事も」

ずっとこの服装で働いてきたからだろうか。どんなドレスを着るよりも落ち着くし、しっくりくる。前世からじっとしていられない性格だったのもある。

私はとにかく、何かしていたい。

「それに感謝もしているわ。あのまま実家に戻されていたら……きっと地獄が待っていたもの。これで十分よ」

「こんな方法しか浮かばなかったけどな。情けない限りだよ」

彼はいつになく申し訳なさそうに、落ち込んだ様子を見せる。

本当はもっと格好つけたかったのだろうか。上手くできなくて落ち込むのは、なんだか少し可愛《かわい》らしいと感じた。

「情けなくなんてなかったわ」

「え？」

「なんでもないわ。さぁ早く着替えてください。アスノト様」

「……そうだね」

侍女として着替えを用意する。

主の着替えをサポートするのも仕事の一つ。

男女で差はない。主が男であれ女であれ、私は変わらず接するだけだ。

「悪くないな。君が侍女というのも」

「婚約者にするより、侍女として雇っていただけたほうが現実的ですよ」

「いいや、俺の意思は変わらないよ。俺は君と婚約する。そのための理由をこれから作っていけばいい。君も一緒に考えてほしいな」

「――ふっ、難しいことは私にはわかりません。私はただの、侍女ですので」

第三章

侍女の朝は早い。主人が目覚めるよりも一時間、二時間以上早く目覚め、仕事の準備を始める。

まずは自分のことだ。朝食を食べ、身だしなみを整える。

格好悪い姿で主人の前に立たないように。時間に余裕がある時は、念のためにシャワーも浴びておくことがある。

暑い日は汗をかくので、汗のにおいが服にしみついてしまう。

そうならないようにさっと洗い流す。貴族の令嬢とは違う方向で、見られることに注意しなければならない。

大変だけど、見られることは慣れている。

「よし、準備は万全ね」

鏡の前で身だしなみの最終チェックを終える。

私は扉を開けて部屋を出た。

目的の部屋はすぐ隣。仕えるべき主人の部屋の近くで侍女は暮らしていることが多いけど、隣というのは少々珍しい。

変更することも提案したけど却下された。

うちのご主人様は、どうにも一度決めたことは曲げたがらない頑固者らしい。

トントントン——

ノック三回。中に呼びかけ、数秒返事を待つ。

返事はない。もう一度ノックしても反応はなかった。

こういう場合は声をかけ、こちらから扉を開けることを許可されている。眠っているか、万が一何かあった時のためだ。

「失礼します」

まだ眠っているのだろうか。いいや、彼の場合は違う気がする。扉を開けて中に入ると、そこには誰もいなかった。

ベッドの布団は綺麗に畳まれている。

「ということは……」

予想通り、あそこにいるはずね。私は部屋を出て中庭に向かう。

中庭では木剣を振るう音と、彼の声が聞こえた。

「ふんっ！　ふっ！」

「やはりここにいらしたんですね」

「——ん？　ああ、イレイナ、おはよう」

「おはようございます。アスノト様」

案の定、彼は中庭で朝の鍛練をしている最中だった。振り下ろした木剣を地面に突き刺し、流れる汗を服の袖で拭う。

「タオルをお持ちしました」

「ありがとう。さすが、気が利くね」

私はタオルを彼に手渡す。それを受け取った彼は、タオルで額から流れる汗を拭いた。彼は早朝、早起きして剣の稽古をしている。

これを騎士になる以前から、毎日続けているという話を聞いた。

それを聞いていたから、ルストロール家の時よりもだいぶ早く起きて準備をしたつもりだったのだけど……。

「いつ頃から鍛練を始めたのですか？」

「八歳の時かな？」

「そうではなく朝の時間です」

「ああ、ほんの十数分前だよ。もしかして起こしに来てくれたのか？　だったら申し訳ないことをした。入れ違いになったみたいだね」

彼は申し訳なさそうに謝罪する。侍女に向かって謝罪するなんて、貴族の嫡男らしくない。もっとも、彼らしくはある。

「いえ、でしたら明日からはそれより早く準備を始めさせていただきます」

「そこまで無理をしなくていいよ。元々俺は朝は強いし、自分のことは自分でやれる。騎士だからな。遠征も多いし、自活生活は慣れてるよ」

「理解しております。ですが、このお屋敷にいる間は、アスノト様の身の回りのお世話が私の職務になりますので」

「……侍女みたいなことを言うね」

「侍女です。まだ寝ぼけていらっしゃるのですか？」

「ははっ、ハッキリ言ってくれるね。けどそのくらいのほうがいい。変にかしこまられるのは好きじゃない。そもそも俺は、君をただの侍女だとは思っていない」

彼は私の不意をつくように、そっと手を伸ばして私の右手を握る。

「俺は君を婚約者にするつもりで招いたんだ。その気持ちに変わりはないよ」

「お言葉ですがアスノト様、私はただの侍女です。私のような女を口説くよりも、ずっと素敵な女性がいると思います」

「いないよ。少なくとも俺の眼には君しか映っていないから」

「……はぁ、物好きな人ね」

私は呆れて笑ってしまう。このまま侍女として働かせてくれたなら、そっちのほうが楽だったのに。

彼にその気はないようだった。

紆余曲折《うよきょくせつ》あり、私はこのグレーセル家の侍女となった。

私が生まれ育ったルストロール家とは縁が切れ、家なしの一文なしになった私を、グレーセル家が拾ってくれた形になっている。

元々は婚約者になるため、私はアスノトに連れられここへやってきた。けれど世間体《てい》のことを考えると、私と彼の婚約は現実的なものではなく、最終的にルストロール家を抜け、グレーセル家の侍女になる選択をした。

端《はた》から見れば婚約者から侍女への転落記に見えるかもしれない。

ただ、私はこれでよかったと思っている。これで婚約者として変に期待され、注目されることもない。

侍女という仕事も案外悪くないと気づいたところだ。それにこの家は、ルストロール家と違って居心地がいい。

アスノトの両親もそうだが、ここで暮らしている人たちはみんな善良な人ばかりだ。

侍女長のアドリスさんは、挨拶をした日から毎日のように声をかけてくれるようになった。

仕事には慣れたのかとか、わからないことはないのかとか。私のことを気にかけてくれているのがわかる。

他の侍女や執事たちもそうだ。変に私のことを意識したりしない。事情は知っているから、気になる相手ではあるだろう。

しかしさすがはよく教育されている。私とも一定の距離を置いて、無視するわけでもなく、仕事をする上ではしっかり声もかけてくれる。

他人としての距離感は仕方がない。むしろ、このくらいがちょうどいいとさえ思える。

何より、私のことを詮索しなかった。

誰一人、私がここで働くことに違和感を表に出していない。それが一番ありがたくて、居心地がいい理由だろう。

「まだ稽古が残っているんだ。あとで戻るから、君は中にいるといい」

「いえ、私も終わるまでこちらに控えさせていただきます」

「それはもしかして、鍛練している俺の姿を見たいから？」

「侍女だからです」

「ははっ、そうだろうね。なるべく早く終わらせるよ」

そう言って彼は鍛練を再開する。

「これを毎日されているのですよね？」

「ん？　そう言ったろ？　信じてくれていないのか？」

「いえ、名だたる騎士王様がここまで愚直に努力されているなんて、さすがは騎士の模範だと思っております」

「褒めてくれるのは嬉しいけど、そんな立派なものじゃないよ」

彼は稽古を続けながら、ほんの少しだけ目を瞑る。

「不安なだけさ」

「不安？」

「ああ。こんな俺が騎士王などと呼ばれていいのかと……ずっと考えている」

彼は不安を漏らした。意外だった。彼のことだから、もっと自分に自信を持っているのだと思っていた。

これまでの言動から、そういう心境の持ち主なのだと勝手に理解していた。

「強さも、意思も、まだ足りない。皆の期待に応えるために、俺は足を止めるわけにいかなかった。

「――！　そうだね。苦しいと思ったこともあるよ」

気持ちは理解できる。私も……かつて私も彼と同じように、歩みを止めるわけにはいかなかった。

女王として国を、人々を導くために。そうすることができるのは私だけだと、私がやるしかないと思っていたから。

以前、彼は言っていた。私たちは似た者同士だと。

そうなのかもしれないと、今は少し思う。

「弱音を吐いた。今のは忘れてくれ」

「別にいいではありませんか。弱音くらい、誰だって口にします」

「そういうわけにもいかないんだよ。特に、君の前では格好をつけたいんだ」

「またそれですか」

「ああ、だってそのほうが、一緒にいる君も安心してくれるだろう？」

「――！」

私のために？

「……それは、苦しいですね」

はいかないんだ」

つくづく……アスノトも、彼のご両親も優しい。私の境遇を聞いて笑わず、他人事《ひとごと》なのに心から怒りを見せた。

今、こうして私が彼の家で侍女として働けているのも、彼らの働きがあったからだ。お姉様やお父様とは大違いだ。予想していた光景と形は違うけれど、これも一つの平穏だった。

平穏を与えてくれたことには、素直に感謝している。

ルストロール家に比べて気が楽だ。多少言葉遣いが崩れたり、素が出てもアスノトは気にしない。むしろそっちのほうがいいとか言う。

仕事をこなせば褒めてくれるし、理不尽に怒ったりもしない。

「私はそこまで弱くはありませんよ？」

「魔法のことかい？　確かにそうだね。君は強いよ。魔物なんて気にしないくらいに。でも関係ないんだ。俺は騎士で、君の婚約者だからね」

「……だから、私の力のことは、誰にも話していないのですね」

「ん？　そうだけど、必要だったかな？」

昨日、話してみてわかった。当主様や奥様、アドリスさんも私が優れた魔法使いであることは知らなかった。

事情は伝えてある。けれど、彼だけが知る私の力については、未だ誰にも伝えていないらしい。

「私は侍女として働きます。もし、この力が必要だとおっしゃるなら、それに従うことになります」

「イレイナは力を振るいたいのか？」

「いえ、できれば使いたくはありません」

「そうか。だったらやはり必要ない」

「よろしいのですか？」

自分で言うのもなんだけど、私の力は他の魔法使いと比べても突出している。女王として生きた経験、技術が詰まっているから当然だ。

加えて魔法の才能は、貴族にとっても大きな意味を持つ。

「必要ない。言っただろう？　俺は別に、君のその力がほしくて声をかけたわけじゃないんだ。俺がほしいのは、君の心なんだよ」

「……そうですか」

本当に、私の力に興味がないらしい。いいや、興味がないのではなく、私が望まないことをする気がない、ということか。

しばらく待って彼は鍛錬を終える。

私が顔を出してから一時間と少し、短い時間で大量の汗を流すほど激しく動いていた。これを毎日続けているという。

「待たせてすまないね」

「お疲れ様でした」

私は新しいタオルを彼に手渡す。

「八歳の頃とおっしゃいましたが、ここまでしっかりした鍛錬を毎日は大変でしょう？」

「必要なことだからね。一日でも剣を振るわないと感覚が鈍るんだ」

「勤勉ですね」

「普通のことだよ。騎士は男なら皆が憧れる存在で、人々を守る剣だ。常に鋭く、切れ味を保てるようにこうして毎日自分を磨いている。俺は騎士王だからね？　騎士たちの模範であり続けないといけないんだ。弱い姿など見せられない」

彼が語る持論は、まさに騎士の象徴のようなもので。騎士王と呼ばれる所以《ゆえん》は、実績や実力だけではなく、この精神性にもあるのだろう。

あらゆる魔法を拒絶する特異体質のことも含めて……。まるで騎士になるために生まれてきたような男だ。

「ご立派です」

「――！　ありがとう。君に褒められるとなんだか照れるな」

恥ずかしそうに顔を赤らめて、無邪気に喜ぶ。

私は彼の顔をじーっと見つめて。

「……そういう反応は騎士らしくありませんね」

「え、そうかな？」

「はい。子供っぽいです」

「これは弱ったな。君に褒められると、どうしても表情が緩むんだ。普段はそんなことないんだけどね」

私が立派だと思ったのは、不安を感じながらそれを表には出さず、皆の前では立派な騎士であり続けようとする姿勢だ。

簡単にできることじゃないから、凄いことだとわかる。

彼は自分の髪に触れながら、何やら照れくさそうに改まる。

「初めてなんだよ」

「はい？」

「俺は正直、あまり他人に興味がなかった。他者は守るべき対象で、それ以上でもそれ以下でもない。でも、君のことは気になった。知りたいことが増えていく。こんな感覚も、気持ちも初めてだった」

彼は自分の胸に手を当てて語る。

おそらく騎士として生まれ、その道以外を見てこなかった彼にとって、他人とは庇護対象でしかなく、深く関わることがなかったのだろう。

皆も彼には、騎士として、騎士王として接する。故に彼はいつでも、騎士として恥じない姿を見せようと努力する。

そう、誰も彼の内側を見ていない。騎士という鎧の奥に存在する彼の本質に、誰も目を向けようとしてこなかった。

自分を守るために騎士という鎧を着る。

それはまるで、かつて女王というヴェールを纏《まと》い、圧政の悪王として振る舞っていた自分と重なる。

「初めて君の眼を見た時からずっと、どこか自分に似た何かを感じていた。関わる度に興味が湧いて、知りたいという気持ちが強くなる。嬉しかったよ。俺の心は……ちゃんと誰かに惹《ひ》かれるんだってわかったから」

「……」

アスノトは笑う。朝の眩《まばゆ》い太陽に負けないほど眩《まぶ》しく。

「君のことをもっと知りたい。少しずつでも構わないから、俺に教えてほしい。そして俺のことを見ていてほしい。俺が君に興味を抱いたように、君が俺に興味を持てるように努力しよう」

「──侍女に向かって言うセリフじゃないわね」

「言っただろう？　俺は君をただの侍女だとは思っていないよ」

「……まったく、頑固な人ね」

きっとこの笑顔は、他の誰にも見せたことがない。

我がままになる姿だって。家族以外で知っているのは、もしかすると私だけかもしれない。

誰もが憧れ、認める騎士王様の本当の姿……。

ちょっぴりだけど、確かに、優越感を抱かずにはいられない。

◇◇◇

「休日……ですか？」

私は目を丸くして驚いた。

そんな反応をした私を見て、アスノトはもっと驚いていた。

「どうしてそんなに驚くんだ？　休日くらい普通のことだろう？」

「……」

「まさか、あっちではなかったのか？」

「……はい」

休日などなかった。

ルストロール家で侍女として振る舞っていた頃は、屋敷では侍女として、外では令嬢として過ごす。そもそも侍女と言っても正式に働いていたわけではなく、お父様からそうするように命じられていただけだ。

お給料だって貰っていない。それをアスノトに伝えると、今までで一番大きなため息をこぼした。

「はぁ……よくそれで耐えていたな。諦め癖があると以前に指摘したけど、我慢強さも普通じゃないよ」

「衣食住が提供されていただけで十分だと思っていました」

「十分なわけがあるものか。どんな形であれ、働く者に相応の対価を与えないのは罪だ。というより実の娘にそれをやっているんだから、やはり虐待だよ」

「……そうですね」

言われてみればその通りで、反論のしようもない。

お父様のことを悪く言われて、それに反論しないのも悪い娘だろうか。

なんて、これっぽっちも思わないけど。少しだけ、彼が呆れ、怒ってくれていることが嬉しいと感じる。

「そもそも私はここへ来たばかりです。休日などもったいなく思います」

「ダメだ。今まではそうだったかもしれないが、このグレーセル家では違う。君は侍女として働く以前に、一人の人間だ。労働には報酬と休みを提供する。よって今日は休みだ」

「いきなりですね……」

「今決めたからな」

今日は休日の間隔について話をしていただけだ。一週間に二日間用意され、連続がいいか、それとも別々がいいか。

私の希望に合わせて休日を用意してくれるらしい。

それを聞いた私は驚いて、現在の話の流れに至ったわけなんだけど……なぜか最初の休日が今日になった。

「心配するな。今日の分は月の休日数には換算しない。あくまで俺が勝手に決めたことだからな」

「いえ、そこまでしてくださらなくても」

「いいから休め。さっきまでの話が本当なら、君は今日まで一度もまともな休みを過ごしていないいんじゃないのか？」

「……」

無言で返す。彼は呆れてため息をこぼす。

「その反応は図星だね。働き者も困ったものだな」

「……そういうあなただって、毎日欠かさず鍛錬して、休んでいるようには見えないわね」

自分のことを棚上げして私にばかり忠告する姿に、ちょっとイラっとした私は反論する。だけど彼は首を横に振って答える。

「鍛錬は日課で仕事じゃない。俺はちゃんと休日は設けているよ？　この仕事は身体が資本だからね。体調を崩したり、疲労を溜め込んだまま戦場に赴くのは命取りだ。休日をとることも仕事のうちだと思っている」

「……」

「反論はもうないかな？」

「……はい」

完全に言い負かされてしまった。

前世も含めたら、彼の倍は長生きしている私が、言葉で負けるなんて思わなくて普通に悔しい。

「わかったら今日は休むんだな」

「……そう言われましても、何をすればいいのでしょう」

「え、休日なんだ。好きなことをすればいい」

「好きなこと……」

私は考える。好きなことって……なんだろう？

考えても浮かばなくて、悶々《もんもん》と悩む私を見てアスノトが言う。

「まさか想像できないのか？　自分の休日だぞ」

「……正直言うと、どうすればいいのかわかりません」

思い返せば私は、これまでの人生で真っ当な休日を過ごしていない。

今世に限った話でもなく、前世でもだ。女王になった私は毎日何かの職務に追われていた。

休める時間なんてなかった。生まれ変わっても同じように、毎日毎日何かに勤《いそ》しんでいる姿しか思い出せない。

自分でも驚いてしまうほど、私は休日というものを知らなかった。

「わかった。そういうことなら俺が教えよう」

「え？」

「休日の過ごし方だ。俺も今日は休みにする。騎士団にはそう伝えておこう」

「そんなこと許されるのですか？」

「許されるよ。俺は騎士王、それなりに貢献している。多少の我がままも通るし、何より君のためだからね」

彼はニコリと微笑む。なぜかすでに楽しそうに見える。

「さぁ、そうと決まれば出かけるよ。君も着替えるといい。その服装じゃ目立つからね」

「どこに行くのですか？」

「街のほうだよ。さぁ早く、せっかくの休日なんだ。楽しもうじゃないか」

アスノトはちょっぴり興奮気味に私の背中を押す。

よくわからないけど、暇な時間を過ごすよりはいいと思った。

私は言われた通りに着替える。

数着のドレスと侍女服しか持っていなかった私に、普段着として数着、服を用意してくれていた。選んでくれたのは奥様らしい。

私に似合うからと、派手めなものから地味なものまで。

街へ行くなら目立たない庶民的な格好のほうがいいだろう。

「これでいいわね」

私は適当に服を選び、着替えてアスノトがいる玄関へと向かった。

そこには珍しく騎士服以外を着ている彼の姿があった。

彼もまた、貴族らしくない質素な格好をしている。服装が変わるだけで雰囲気も変わるようで、一瞬誰かわからなかった。

「着替えたね。その服、よく似合っているよ」

「ありがとうございます。アスノト様も、騎士服ではないのですね」

「休日だからね。あの格好は目立つんだ。この格好なら休みだとわかるし、周りも気を遣ってくれるさ。さぁ行こう」

「はい」

彼のエスコートに任せて屋敷の扉を開ける。

ほんの少し速足で、まるでステップを踏むように、私たちは王都の街へと歩き出した。

やってきたのは王都の繁華街。いろんなお店が並び、王都で一番人が多いエリアだった。

「すごい人だかりですね」

「来たことなかったのか？」

「はい。ルストロール家でも屋敷の中からほとんど出ませんでした。買い出しも他の方が担当してくださっていたので」

「それは勿体《もったい》ないな」

今から思えば、あれも私の存在や扱いが、世間に露呈しないようにするための策だった。

侍女としての私は、あの屋敷に縛られていたようなものだ。こんな近くにあったのに、私は王都という街をほとんど知らない。

「何か欲しいものはないか？」

「欲しいもの、ですか。どうしてそんなことをお尋ねになるのです？」

「決まってる。あるなら俺がプレゼントしたいと思ってね」

「――そういうのは特に」

少し驚いてしまった。さりげなく、私に何かを与えようとする人はこれまでいなかったから。

「お腹《なか》は空いていない？」

「はい」

「じゃあ適当に歩こうか」

「……どこかに向かっているわけではないのですか？」

「特に目的地は決めていないよ」

目的もないのに人がたくさんいる街へ？

私は首を傾げる。

王都の繁華街にはたくさんの店があって、多くの人々は何かほしいものがあって訪れている。

そういうものだと思っていた。私は彼に手を引かれ、歩きながら彼の言葉に耳を傾ける。

「休日には二種類あるんだよ。予定がある休日と、予定がない休日。今回は後者だ。予定は決まっていない。だからこそ、自由気ままに過ごすのさ」

「自由に……」

そういう感覚は私にはわからなかった。

新鮮な気分だ。もしかすると、今こうしてすれ違っている人たちも、目的もなく歩いているのかもしれない。

「なんだか時間を無駄にしているみたいに感じますね」

「確かにそうかもね。でも、人生には必要な無駄がある。俺はそう思う」

「必要な無駄？」

「ああ。人の心は、身体は脆《もろ》い。無駄のない人生は疲れを発散する暇もない。だから近いうちに壊れてしまう。そうならないための息抜きが無駄な時間だ」

彼の言葉に耳を傾けながら、私は自分の人生を思い返す。

ただ走り続けた。呼吸を整える暇もなく、休みもなく。だから私は……倒れてしまったのかもしれない。

そうか。私の人生に足りていなかったものが一つわかった。

「無駄な時間が必要だったのね」

「そうだよ。無駄だけの人生のほうが案外、幸福だったりするんだ」

「そうかもしれませんね。アスノト様は休日はよくここへ来るのですか？」

「ああ、適当に散策してね。ここなら人々の暮らしもよく見える。自分が守るべき人々を、その生活を見るのも大事だから」

私はちょっぴり呆れた。

無駄な時間と言いながら、彼なりに仕事のことを考えて過ごしている。

「私より、アスノト様のほうが仕事熱心ですね」

「そうか？」

「はい。今もアスノト様にとっては無駄な時間ではないようですから」

「無駄と思うかは自分次第だよ。それに……仕事だけが全てじゃない。たとえば――

あ、ちょっとごめんね」

彼は私の手を離した。そうして突然駆け出し、どこかへ向かう。

すぐに立ち止まり、しゃがみこんだ。彼の前には少女が泣いていた。

「どうかしたのかい？　お嬢さん」

「お、お母さんと……」

「はぐれちゃったんだね。よし、なら俺が一緒に探してあげよう。だから泣かないで。せっかくの美人さんが台なしだよ」

そう言って彼は少女の涙を拭う。

少女は涙をぐっと堪えるようにして頷く。

「うん」

「よし、じゃあ一緒に探そう！　こうすれば探しやすい！」

「わぁ！」

彼は少女を抱きかかえ、肩車をしてあげた。

背の高い彼に担がれ、視界が広がる。泣いていた少女はすっかり目を輝かせていた。

「あ！　お母さんあそこ！」

「よーし！　お母さんを捕まえに行こう」

「うん！」

アスノトは少女を肩車したまま走り出し、少女の母親のところへ駆け寄った。

母親も少女を探していたらしい。

目が合うと心配そうに、嬉しそうに手を振っている。

「もうはぐれちゃダメだぞ？」

「うん！　ありがとう！　お兄さん！」

「ああ」

母親は何度もアスノトに謝り、感謝の言葉を贈る。すっかり笑顔になった少女に手を振られて、彼は私の下に戻ってくる。

「すまない。君のことをほったらかしにしてしまった」

「構いません。騎士として放っておけなかったのでしょう？」

「ああ、誰かの涙を見ると、どうしてもね……仕事だけじゃないって話をしている最中に、これじゃ説得力がないな」

「――そうでもありませんよ」

彼にとって騎士とは己の一部になっているのだろう。

仕事だからとか、騎士だからとか、そういう理由は一切なく、ただ身体が勝手に動く。少女の涙を見逃さず、瞬く間に笑顔に変えてしまう。

それが自然にできるから、彼は騎士王と呼ばれているんだ。

いつの間にか夕暮れになる。青かった空はオレンジ色に変化して、人の流れも穏やかになっていた。

仕事に買い物、予定があった人、なかった人。それぞれが帰る家へと向かっていく。

「少しは楽しんでくれたかな？」

「はい。休日の過ごし方、参考になりました」

「それならよかった。無理やり連れ回してしまってすまなかったな」

「いいえ、よい体験ができました」

目的もなく、ただぶらぶらと街を回る。お腹が空いたら食事をして、また歩いて散策する。

面白いものを見つけて笑ったり、綺麗な景色を眺めたり。そういう時間は私にはなかったから。新鮮で、穏やかで、心地いい。それを教えてくれたのは……。

「ありがとうございます。とても楽しい時間でした」

「そうか。なら、もしよかったら次の休日も一緒に過ごさないか？」

「いいえ、無理に私に合わせる必要はありません」

「無理はしていない。今日だって本当は、休日を君と過ごしてみたいという……単なる欲が行動原理だったんだよ」

そうだったの？

終わり掛けに初めて、彼が私を誘ってくれた本心を聞く。少し恥ずかし気に、夕日のせいか顔も赤く見える。

「だから迷惑じゃなければ、次もお願いしたい」

私は笑みをこぼす。

「アスノト様がそうおっしゃるならお供いたします。私は侍女ですので」

「……それは侍女じゃなかったら断っているという意味かな？」

「さぁ、どうでしょう」

「――そんな顔もするんだね」

彼は私の顔を見てちょっぴり驚いていた。

鏡がないから自分の顔は見えない。どんな顔をしていたのか。気になった私は尋ねる。

「どんな顔でしたか？」

「ちょっぴり意地悪で、でも楽しそうな顔だよ。君は普段から大人っぽいから、そんな子供っぽさを感じる笑顔は新鮮だ。うん、いいね」

「……そうですか」

子供っぽい顔……していたらしい。恥ずかしくて、少し頬が熱くなったのを感じる。夕暮れでよかった。今なら多少顔が赤くなっても、気づかれないから。

◇◇◇

休日を共に過ごした翌日。私は変わらず侍女として働いている。

今夜はパーティーがあるらしく、アスノト様も参加される。会場は王城の敷地内で、貴族だけでなく王族も参加するそうだ。

「本当は行きたくないんだけどね」

「ダメですよ。旦那様もおっしゃっておりました。今回のパーティーには陛下や王女様も参加されます。アスノト様が不参加では困ると」

「わかっているよ。だからこうして着慣れない服を着ているんだ。できれば君も一緒に来てほしいけど……」

「残念ですが、私は侍女ですので」

今回のパーティーに参加するのはアスノト様だけだった。

旦那様も奥様も、夜は別の予定があるらしい。

私は当然、参加する資格がない。

もうルストロールの名を捨て、貴族ではなくなってしまったから。

別に名残惜しさも、悔しさも感じないけど。

「それじゃ行ってくる。なるべく早く帰るよ。長くいると女性が言い寄ってきて大変なんだ」

「でしたらそのまま、未来の婚約者を探されてはいかがですか？」

「それは目の前にいる。君がいるのに、他の女性になびくことはないよ」

「そうですか。では、いってらっしゃいませ」

彼を見送り、私は屋敷の廊下を一人で歩く。

アスノトも、ご両親も不在。使用人は元々少なく、こうして歩いていると、自分だけが屋敷にいる気分になる。

静かな時間は嫌いじゃない。落ち着くから。けど、今は少しだけ寂しさを感じている。

「ここ最近……彼がずっと傍にいたからかしら」

もしかすると、自分でも気づいていないだけで私は……。

「――？　これ……」

彼が着替えていた部屋を整理していると、グレーセル家の紋章をモチーフにしたバッジを見つける。

これは普段から彼が身に着けているもので、グレーセル家の人間である証明。

貴族にとって家紋は身分証明のようなものだ。

「つけ忘れていたのね。急いでいたから気づかなかったわ」

なんていうのは言い訳だ。侍女としての私のミス。彼に恥をかかせる前に、早く届けないと。

出発してから時間はそんなに経過していない。今なら急げば間に合う。

「仕方ないわね。空を飛びましょう」

私は勢いよく玄関を開けて、そのまま空へと駆けのぼる。

空気を踏みしめるように、見えない階段を上るように。

会場は王城の敷地内。明かりが灯《とも》っている場所を見つけ、その付近で着地する。

ここからは徒歩で彼を見つけないと。

「あら、場違いな子がいるわね」

「――!」

と、思っていたところで、私は立ち止まる。

つくづく思う。私は運が悪い。よりによって一番、顔を合わせるべきではない人物に見つかってしまった。

「……お姉様」

「あなたに姉と呼ばれる関係はもう終わったはずよ。久しぶりね、イレイナ」

当然、彼女の耳には入っている。婚約者として家を出たはずの私は、グレーセル家の侍女になっていることも。

それを聞いてどう思うか？

見ての通りだ。

「無様ね。結局あなたにはその格好がお似合いよ」

「……」

生来の太々しさを取り戻したお姉様は、私を盛大に見下している。

出会えばこうなるとわかっていた。だから驚かないし、動揺もしない。私は丁寧に一礼して、その場を去ろうとする。

「急いでおりますので、失礼いたします」

「どこに行く気？　ここはもうあなたがいるべき場所じゃないわよ」

「アスノト様に忘れ物を届けに行くだけです」

「そう？　だったら私から渡してあげるわ。忘れ物とやらを渡しなさい」

そう言ってお姉様は右手を差し出す。

親切心ではないことは、彼女の表情からも丸わかりだ。

よくないことを考えている。私はアスノトに渡すバッジを握りしめる。

「いえ、これは私の仕事ですので」

「口答えする気？　ただの侍女の癖に生意気ね。お仕置きされたいのかしら」

「……私はもう、ルストロール家の人間ではありません」

「関係ないわ。不出来な使用人をしつけるのは、貴族として当然のことよ。あなたみたいに覚えの悪い子は、痛みで教育するしかないわね！」

叩かれる。でも、変に抵抗しても余計事態は悪化するだけだ。

私は目を瞑り、甘んじて受け入れようとした。

諦めだ。でも、ふと、彼が言ってくれたことを思い出す。もっと自分に欲張ってもいいのだと。

そうだ。私はもう、ルストロール家の人間じゃない。自分で言ったことなのに、ちゃんとわかっていなかった。

「……この手は何かしら？」

無意識に、私はお姉様の手を摑んでいた。私の頰を叩こうとした手だった。私の頰に届く前に、私は摑んで止めている。

「放しなさい」

「……なら、もう叩こうとしないでくれますか？」

「わかっていないみたいね？　これはお仕置きなのよ?」

「私はもう、お姉様の侍女ではありません。今の私はグレーセル家の侍女であり、アスノト様にお仕えしております。仮に私への叱咤《しった》ができるのは、アスノト様だけです」

その権利はもう、お姉様にはない。いいや、初めからそんな権利はなかったのに、私が認めてしまっていた。

受け入れてしまっていたのが問題だった。お姉様がここまで横暴になったのは、私が一切抵抗しなかったことも理由だろう。

「いい加減に放しなさい！」

お姉様は無理やり私の手を振りほどき、怒りに満ちた表情で私を睨む。

今までの私ならここで謝罪するか、無抵抗で叩かれていたに違いない。だけど今はもう、そんなことはできない。

「何？　その眼……怒っているの？　この私に？」

「いえ、そこを退《ど》いて頂きたいだけです。私はただ、アスノト様に忘れ物を届けにきただけですので。お姉様には関係ありません」

「――！　調子に乗り過ぎよ！」

ついに怒ったお姉様が自身の魔力を解放する。彼女の身体から感情の高ぶりによって魔力があふれ出ている。

さすがに大きな魔力を持っている。お姉様には魔法の才能があるから、この程度のことで驚きはしない。

「ちょっと優しくしすぎたみたいね。私が甘かったわ。あなたにはもっときついお仕置きをしてあげましょう」

「……こんな場所で魔法をお使いになるつもりですか？」

「あなたが悪いのよ」

「――違います。道を塞いだのはお姉様です」

ここまで来て、私も引くことはできない。さすがの私も、魔法を無抵抗で受けたりなんてしたら、怪我《けが》じゃすまないだろう。

本当は使いたくないけれど、お姉様がその気なら――

「何をしているんだ？」

「――！」

「アスノト様……」

荒ぶるお姉様を静めてくれたのは、アスノトの声だった。いつの間にか私のことを見つけて駆け寄ってくれていたらしい。

体質的に彼の魔力は感じられないから、私も気づかなかった。

そんなことはどうでもよくて、彼は不機嫌だ。いつになく、怒っている。

「どういうつもりだ？　彼女は俺の屋敷の人間だぞ？」

「見ての通りです。無礼な振る舞いをしたので教育させていただこうと」

「君が？　そうやって今までも、妹に手を上げていたのか？」

「――失礼ですが、アスノト様には無関係なことです」

「昔のことはそうかもしれない。だが今は違う。彼女に手を出すことは俺が許さない」

二人は睨み合う。騎士王相手に、お姉様もよくひるまない。

それだけ私に対する怒りが勝っているということだろう。お父様は知っているのだろうか。お姉様はアスノトの手を振りほどく。

「婚約者にするという話ではなかったのですね。イレイナでは不釣り合いだと気づいてくださいましたか？」

「今はしていないだけだ。俺は彼女と婚約する。その意思に変わりはない」

「どうでしょう？　本当はイレイナを憐れんでいるだけではありませんか？　この子を侍女にしたのもそうでしょう？　そうすれば騎士としての自分の支持にも繋がりますものね」

「……そういう意図はないよ」

お姉様は笑う。馬鹿にしたように。

「嘘がお好きですね。さすがです。そうやって騎士らしい言動と、才能だけで騎士王に成り上がったのでしょう？」

いつもの調子だ。

私を馬鹿にする時と同じような態度で、口調で、アスノトを馬鹿にしている。

「羨ましいですわ。才能だけで認められるなんて」

アスノト自身、気にしてはいないだろう。少なからず、彼の才能に嫉妬する者たちは存在する。お姉様の言葉は、彼らの気持ちの代弁だ。

「分けてほしいものですね。その才能と、運を」

聞き流せばいい。彼もそうしているように。

「気は済んだかい？」

「っ、そういって逃げるのですか？」

「それはあなたのことでしょう？」

「──は？」

なぜだろう。黙っているつもりだったのに。気づけば口が動いていた。

アスノトは驚き、お姉様は私を睨む。

「……イレイナ、何か言ったかしら？」

「才能だけの人間、ロクな努力もせず、大した実力もないのに態度は大きい。見た目だけ、中身は空っぽで、とても軽い」

「──誰のことかしら？」

「お姉様以外にいませんよ？　ここにそんな人間は」

直後、彼女は激怒する。再び激しい怒りによって魔力が高ぶり、猛々《たけだけ》しく放出される。

「ストーナ・ルストロール！　こんなところで魔法を使う気か！」

「許さないわ！　泣いて謝っても遅──！」

なった。

「騒がしいですね」

パチン、と。私は指を鳴らした。すると荒々しかった彼女の魔力はピタリと静かになった。

彼女が魔力を抑えた？　違う。私が、彼女の魔力を抑え込んだ。

「な、身体が……」

「ここは王城の敷地内です。過度な魔力の使用は控えてください」

「イレイナ……あなたがこれを……？」

「さぁ、どうでしょうか」

幸い他に誰も見ていない。この場にいる人間以外で、私の力を知る者はいないだろう。プライドが高いお姉様なら、変に私の力を周囲に話すこともないと予想した。というのは後付けだ。

ただ、少し腹立たしくて、口も身体も勝手に動いてしまっただけ……。

他の誰かに見られてしまうかもなんて、この一瞬だけは考えもしていなかった。

「アスノト様、お忘れ物です」

「……ああ、よかったのか？」

「はい。主人を愚弄されては黙っていられませんから」

「――ありがとう」

アスノトは申し訳なさそうに目を伏せる。感謝の言葉を聞いた私は、お姉様に視線を向ける。

「効果は数十秒で解除されます。その後は普通に動けますのでご安心ください」

「イレイナ……あなた魔法が……」

「はい。ずっと使えましたよ？　お姉様よりも」

「っ――！　こんなことをしてただで済むと思っているの？　私は貴族で、あなたは――」

「彼女は俺の大切な女性だ。勝手はゆるさない」

アスノトが私たちの間に割って入る。私は笑う。

「そういうことですので。それではお姉様、ご機嫌よう」

私はお辞儀をして、お姉様に背を向ける。

もう、私たちは家族じゃない。元より絆《きずな》はない。

多少の苛立ちを感じていたことを認めよう。けれど、それも今日で終わりだ。

私は本当の意味で一歩を踏み出す。

ルストロール家の人間ではなく、グレーセル家の、彼の侍女としての。

第四章

「イレイナ！」

彼女は枕を投げつける。結局、魔法の効果が解除されたストーナはパーティーに参加しなかった。

あんな醜態をさらし、妹に圧倒されたという事実が、彼女には許せなかった。故に、普段通りの振る舞いなどできない。

彼女は今、かつてないほどの怒りに燃えていた。

「才能もない癖に……この私に恥をかかせて……」

彼女は見たはずだ。自分の魔力を完全に封じ込め、完封されたのだから。

そして、理解したはずだ。イレイナが無能ではなかったことを。

だが、彼女は怒りに支配されていた。冷静な判断などできていない。

「どうやってあんな力を手に入れたのか知らないけど、どうせインチキよ」

そう、偽りだと考えてしまっている。

力を得るための方法があって、それを自分が知らないだけだと。

かりそめの力を武器に強がっているだけで、本当は自分のほうが優れていると。

信じている。信じ切ってしまっている。

そんな呆れるほどの自己愛と執着が、いずれ巨悪に利用されてしまうことを……。

彼女はまだ知らない。

◇◇◇

「すまなかったな。イレイナ」

帰宅したアスノトは、真っ先に私の前にやってきて優しく見つめながら頰に触れる。

私は少し驚いて、彼に問いかける。

「どうかされたのですか？」

「君の姉とのことだ。元はと言えば、俺への忘れ物を届けに来てくれたことが原因だろう？」

「いえ、あれは私のミスです。謝罪しなければならないのは私です」

私は頭を下げる。

「申し訳ありませんでした。私の事情に、アスノト様を巻き込んでしまい」

「やめてくれ。俺は迷惑だなんて思っていない。君が抱えていた事情を知った上で、俺は君を婚約者にしたいと思っているんだ」

「……そうですか。ですがアスノト様が謝罪されるようなことはございません。今夜のことはどうか、お気になさらないでください」

「……君がそう言うなら。だが君は平穏を望んでいるのに、姉に力を見せてしまってよかったのかい？」

「構いません。お姉様のことですから、誰かに言いふらしたりはしないでしょう」

私の実力を話すということは、自らの失態を共に伝えるようなものだ。プライドの高い彼女なら絶対にしない。

今頃怒りを枕にでもぶつけている頃だろう。彼女は苛立つとすぐに物や私に八つ当たりをする。

そのせいで壊れたものを片付けたり、余計な仕事が増えて大変だった。

それにしても……。

「パーティーはもう終わったのですか？　予定よりも随分とお早いお戻りでしたが……」

「途中で切り上げてきたんだよ。君にいち早く話したくてね」

「そこまでしていただかなくても……」

「いいや、最優先事項だよ。これをきっかけに嫌になって、帰ったら君がいなくなっていた……なんてことになったら、俺は一生後悔するからね」

大げさなことを……この程度で気持ちが落ち込んだりするなら、私はとっくにどこかへ消えている。

「ご安心ください。私は出て行けと言われない限りここにおります」

何より、ここは居心地がいい。優しい人ばかりだし、休日も貰える。

手放すには惜しい環境だ。

「出て行けなんて言うつもりはないよ。むしろずっといてほしい」

「わかりませんよ？　アスノト様に想い人ができれば、異性である私は邪魔になります」

「君も意地が悪いな。そんなことはないと言っているだろう？」

彼も相変わらず頑固に主張してくる。私のどこに、そこまで執着するほどの魅力を感じているのやら。

聞けば王女様との婚約も先延ばしにして断っているそうじゃないか。

普通ならありえない。というより、王女様のほうはどう思っているのだろうか。

「パーティーには王女様も参加されたと聞きますが、アスノト様も挨拶はされたのですか？」

「いや、タイミングが悪くて会えなかった。それがどうかしたかい？」

「……いえ、なんでもございません」

そういえば、私は一度も王女様と話したことがない。

顔はなんとなく覚えている。とても綺麗な肌、綺麗な黄金の髪に煌《きら》びやかな瞳……とにかく綺麗な人だった印象はある。

アスノトと関わっていれば、いずれ顔を合わせる機会があるだろうか。

彼が私を婚約者にしたいと思っている事実を知れば、一体どんな反応をするのか……気になる気持ちと、不安が心の中で混ざり合う。

「もしかして、嫉妬でもしてくれたのか？」

「……はぁ」

「せめて普通に否定してほしかったな」

王女様は彼のマイペースな一面を知っているのだろうか。知っているならきっと、私と同じように呆れているかもしれない。

いつか顔を合わせた時の反応に期待しよう。

そんなことを考えていた。

意外と、そのいつかはすぐに訪れる。

◇◇◇

翌日の午後。私は庭の掃除をしていた。この屋敷の庭は広く、掃除のし甲斐《がい》がある。箒《ほうき》だけじゃ一日かけても終わらない。だからアスノトに許可を貰って、魔法も使いながら掃除をする。

葉っぱを風で浮かべて運んだり、一か所にまとめたり。

気流を操作する魔法は掃除にとても便利だ。

「他の皆も使えばいいのに。そんなに難しい魔法でもないのだから」

「──魔法を手足のように扱える君ならではの発想だね」

ふいに声が聞こえる。最近はあまり驚かなくなった。

私は振り返る。

「どうかされましたか？　アスノト様」

「手が空いたからね。庭にいる君を見つけて様子を見に来たんだよ」

「お暇なのですか？」

「そうでもないよ。ちょっと人を待っているところなんだ」

人を待っている？

来客の予定はなかったはずだけど……。

「誰かいらっしゃるのですか？」

「ああ、ちょうど昨日、挨拶をし損ねたからだろうね」

「パーティーのお話ですか？　挨拶……まさか、これからお越しになられるのは
――」

私は一人の女性を思い浮かべる。その時、ちょうど玄関のベルが鳴り響く。

「来たようだね」

「……」

「ちょうどいい。イレイナ、君も来てくれ」

「私も、ご一緒してよろしいのですか？」

相手はおそらく、この国でもっとも偉い一族の……。

「もちろんだ。彼女にも君を紹介しないとね」

「……かしこまりました」

不安だ。なぜだかとても不安になる。私は彼の後ろに同行し、ベルの鳴った玄関に急ぐ。

玄関に立ち、扉を開けた先に待っていたのは……。

絶世の美女。

「こんにちは、アスノト」

「ようこそお待ちしておりました。ラティーナ姫」

予想通り、来客というのは王女様のことだった。

こうして近くで見るのは初めてだ。綺麗な肌も、髪も、瞳も全て、吸い込まれるようで……同性の私でも、彼女の美しさに見惚《みと》れてしまう。

「突然ごめんなさい。昨日のパーティーで挨拶もなかったから、心配になって見に来たのよ？」

「申し訳ありません。少々急ぎの予定がございまして」

「ふふっ、別に怒っていないわ。こうして遊びに来る口実が欲しかっただけよ」

ララティーナ姫は楽しそうに微笑む。

二人の雰囲気は柔らかく、優しく、どう見ても良好で。少なくとも私にはお似合いに見えた。

少し、心がざわつく。私はここにいてもいいのだろうか。どうしてこんなにも心が乱されるのか、自分でもよくわからない。

そう思った時、王女様と視線が合ってしまった。

「アスノト、その人は？　新しい使用人さんかしら」

「はい。彼女はイレイナ、私の――」

嫌な予感がする。まさかと思うけど、言わないわよね？

仮にも婚約者候補の、しかも王女様を相手に……。

「婚約者にしたいと思っている女性です」

「――！」

言ってしまった。普通に、何の躊躇《ちゅうちょ》もなく。

私は驚きで目を見開く。なんてことをしてくれたのかと。

ただでさえ敵が多い私の人生に、更なる強大な敵を作ろうとしているの？

さすがに王女様に睨まれるようになったら、この国のどこにも居場所がなくなってしまう。

最悪、ここでの記憶を消して……。

「ついに見つけたのね！　あなたの運命の相手を！」

「――え？」

王女様は楽しそうに、ハイテンションで笑顔を見せる。

予想外の反応を見せた彼女に、私は思わずキョトンとした態度をとる。

睨まれたり、罵声を浴びせられたり、否定されたりじゃなくて？

どうしてそんなにも嬉しそうにするの？

「よかったわね、アスノト。あなたにとっての運命の相手、ようやく見つけられたのね」

「はい。おかげさまで」

「もう、そんな他人行儀な話し方はやめてちょうだい。今日はお忍び、誰も連れてきていないわ。普段通りでいいわよ」

「――じゃあお言葉に甘えて。いらっしゃい、ララ姫」

突然、アスノトも砕けた態度、話し方になる。二人は納得しているみたいだけど、私だけは理解できず置いてきぼりになっていた。

そんな私に気づいたアスノトが説明する。

「ああ、すまない。意味がわからないよな？　実は彼女とは昔からの友人なんだ」

「幼馴染《おさななじみ》なのよ。私とアスノトは。だからプライベートでは友人として接するようにしているの。驚かせちゃったかしら」

「……いえ……」

「改めまして、あなたがイレイナさんね？　事情はおおむね聞いているわ」

そう言った王女様に私は驚く。

私はアスノトに視線を向けると、彼は小さく頷いた。

「以前に手紙で軽く伝えておいたんだ。この国の貴族の事情だから、彼女にも知る義務があると思ってね」

「そうだったのですね」

「イレイナさん」

王女様が私の手を両手でぎゅっと握る。柔らかくて、温かい手だ。

「大変な思いをさせてごめんなさい。王女として、気づけなかったことを謝らせてほしいわ」

「――！　頭を上げてくださいませ」

仮にも一国の王女様が、貴族でもない侍女に頭を下げる。私の時代では考えられなかった。

これが現代の普通？

それとも、彼の周りにいる人間は、どうしようもなくお人好しばかりなのかしら？

グレーセル家の敷地内。広い中庭で、この国でもっとも美しい女性が大きく深呼吸をする。

「うーん！　空気が美味《おい》しい。ここへ来るのも久しぶりね」

「そうでもないだろう？　つい一か月前にも遊びに来たじゃないか」

「一か月なら十分久しぶりよ？　子供の頃は毎日のように遊びに来ていたんだから」

「十年以上前の話だ。今はお互いに忙しいからな」

中庭のテラスに座り、親し気に会話をする二人を私は一歩下がって見守る。テーブルの上には紅茶とお菓子が用意されている。

姫様は紅茶を一口飲むと、瞳をキラキラさせて言う。

「美味しい。この紅茶はイレイナさんが淹れてくれたの？」

「はい」

「凄いわ。王城で出される紅茶より美味しい。何かコツがあるのかしら？」

「紅茶の茶葉は同じでも、淹れ方によって違いが生まれます。私なりに一番味がよく出る淹れ方でご用意いたしました」

侍女の仕事の一つは、屋敷での家事全般。掃除や片づけはもちろん、料理もできなければ話にならない。

前世では縁のなかった私だけど、今世ではしっかり勉強して、大抵の料理は作れるようになっている。

テーブルに出されているお菓子も私が作ったものだ。

「素敵ね。私なんてお茶の淹れ方も知らないわ」

「私は仕事ですので」

「それでも凄いことよ。元は貴族として生まれ、境遇にいろいろあったとしても、腐ることなく自分の居場所を自分で見つけていた。誰にもできることじゃないもの。見習わないとね」

「……もったいないお言葉でございます」

私は頭を下げる。調子が乱れる。

私が連想する王族は、もっと高圧的で恐ろしく、こんなに柔らかく笑わない。

少なくとも女王だった私とは違う。

「せっかくなら、イレイナさんも一緒にお茶しましょう」

「いえ、私は侍女ですので」

「お堅いこと言わないの。今の私はアスノトの友人として遊びに来ているのよ」

「そう言われましても……」

困ってしまう。さすがに王女様に不躾《ぶしつけ》な態度はとれない。

もしこの発言が罠《わな》で、私の本性を暴き出そうとしているなら……とか。

変に疑ってしまうのは過去の経験からだ。私は基本的に、他人を信用していない。

戸惑う私を見ながら、姫様は小さく笑って言う。

「じゃあ何か聞きたいことはないかしら？　美味しい紅茶を淹れてくれたお礼に、なんでも答えてあげるわよ」

「なんでも……」

「そう、なんでも。その代わり私もいろいろ聞いちゃうと思うから、あなたも答えられることには答えてね？」

「かしこまりました。では一つ、お二人は婚約の話が上がっていると聞いております。なぜ保留のままにしているのですか？」

私はずっと気になっていたことを尋ねた。

二人が婚約を保留にしているのは、互いに望んでいないからだと思っていた。けれど実際は、二人はとても仲睦《なかむつ》まじい。

地位を超えて、友人として垣根なく接している。

ここまでのやりとりを観察する限り、互いに好意的な感情は抱いている……と思った。私は続ける。

「お二人は幼いころからの友人とお聞きしました。とてもお似合いだと思います」

「ふふっ、ありがとう。私たちはお似合いだそうよ？」

「ははっ、よく言われるよ。聞き飽きるほどに聞いたからな」

二人は笑う。アスノトは呆れたように、姫様は楽しそうに。

やっぱり二人は……。

「周りにどう見えているかは知っているわ。けど、私たちにそういう感情はないの」

「ああ、好意はあるが友人としてのものだ」

「そうね。小さいころから一緒に遊んでいるし、兄妹《きょうだい》みたいに思っているのは少しあるわね。アスノトは手のかかる弟だわ」

「俺が兄じゃないのか？」

「弟でしょ？　歳《とし》はそっちのほうが上だけど」

姫様はクスクスと笑いながらアスノトと話す。

私にはまだわからなかった。一国の王女と騎士が、地位の垣根を越えて、ただの友人になれるのだろうか。

友人同士というのは、皆こんなにも仲が良く見えるのだろうか。

思い返せば私には……友人という存在はいなかった。

少しだけ、昔のことを思い出す。

私の周りには、いつだってたくさんの人がいた。使用人、大臣、他の貴族……外を歩けば国民が手を振っている。

慕ってくれる者もいた。反対に、私に敵意を向ける者もいた。

その全員が、私にとって何かと問われたら、ただの他人、よくて知人程度の関係性でしかなかった。

あの頃はそれでいいと思っていた。親しい友人などいなくとも、女王としての責務は全うできる。

私の周りにはたくさん人がいるのだから……と。

違った。今になってわかる。あの頃から私は一人きりだったことに。いくら周囲に人が集まろうと、彼らが見ているのは、女王としての私だけだった。

誰一人、私自身の心に寄り添ってくれはしなかった。当然といえば当然だろう。私は誰にも、弱さを見せなかった。

女王として君臨するのなら、誰にも弱さを見せてはいけない。

あの頃はそうだった。けれど今は……もう女王ではない。たとえば友人が、大事な人ができたとして、弱さを見せられるだろうか。

本物の友人を、今の私は得ることができるだろうか。

そんなことを考えている自分に気づく。

ああ、そうか。私はかつての自分を客観的に見ることで、孤独でいることの寂しさに気づいてしまったらしい。

「それにね？　私には小さい頃から、ずっと好きな人がいるのよ」

「――！　王女様の……」

想い人？

私はアスノトに視線を向ける。

「俺じゃないぞ？　俺もよく知る人ではあるけど。ララ姫は昔から、あの人一筋だからな」

「当然よ。ずっと好きだもの」

「……どんなお方か、お聞きしてもよろしいでしょうか」

私は気になった。王女様が気にかけている人物が誰なのか。

アスノトではなく、彼女が好意を抱く相手にどうしようもなく興味が湧く。

「そうだな。ちょうど今の俺と君に近い関係だ」

「アスノト様と私に？　それは、身分差があるということでしょうか」

「ああ。けれどずっと近くにいる。あの人は俺たちにとっての先生だからな」

「先生？」

まだ思い当たらない。王城で働いている使用人の誰か、だろうか。

ますます興味が湧いてくる。

いつか会ってみたい。そんなことを考えていたのが顔に出ていたらしい。

「もうすぐ会えるわ」

「え？」

「そろそろ私のことを探しに、ほら、音がする」

私は耳を澄ませる。誰かがこちらに向かって走っている音が聞こえた。

一人、とても慌てている。

私は音のする方へと視線を向けた。

「姫様！　やっぱりここにいらしていたんですね！」

「――遅かったわね。ロベルト」

「遅かったじゃありませんよ。まったく、勝手に王城を抜け出して……外出したいのであれば一言おっしゃってください」

「それだとお父様の許可が必要でしょう？　時間がかかって面倒なのよ」

ぷいっと顔を背ける姫様。まるで子供みたいな反応を見せる彼女に、ロベルトと呼ばれていた男性はため息をこぼす。

高身長で優しそうな人。アスノトに比べて華奢《きゃしゃ》で、メガネをかけている。

若そうだけど、この人も二人にとって友人のような人……なのかしら？

「いらっしゃいませ。ロベルト先生」

「ああ、お邪魔するよ、アスノト君。いつもすまないね」

「いえ、お気になさらずに。姫様と先生なら、グレーセル家はいつでも歓迎いたします」

「アスノトもそう言っているし、ロベルトも一緒にお茶しましょう？　とっても美味しい紅茶を淹れてもらったのよ」

姫様はマイペースに紅茶を飲む。

そんな彼女にロベルトは苦言を呈する。

「姫様！　勝手に抜け出してはいけません。何かあったら私が陛下に叱られてしまいます」

「大丈夫よ。もし怒られたら、私がお父様に言ってあげるわ」

「そういう問題ではありませんよ」

「心配性ね。そんなに私のことが大切なの？」

「当然です。姫様はこの国の宝です。私には姫様をお守りする義務と責任がございます」

「そこは愛しているから、って言ってほしかったわ！」

プンとむくれて可愛らしく姫様は不機嫌になる。今の発言を聞いてハッキリした。

この人こそ、さっきまで彼らが話していた人物。

姫様の想い人なのだと。ロベルトさんと視線が合う。

「初めてお会いする方もいらしたとは、これは失礼いたしました。私は――」

「ロベルト・カイマン！　私の未来の旦那様よ！」

彼の自己紹介を乗っ取って、姫様が代わりに話し出す。

姫様は彼の腕に抱き着いて、自分のものだと言わんばかりにアピールする。ロベルトさんは困った顔をしながら言う。

「ちょっ、姫様！　御冗談はおやめになってください。私は姫様の護衛兼教育係です！」

「もう、またそうやって逃げる。ロベルトは私のこと……嫌いなの？」

「っ……そんなわけないじゃないですか」

「じゃあ愛してる？」

「う……ですからぁ……」

姫様の猛アピールに戸惑うロベルトさん。

私はアスノトに視線を向ける。この状況を説明してほしかった。

意図を察してくれたのか、アスノトが口を開く。

「王族には幼い頃から必ず一人、教育係がつく。学問、政治、武芸など。あらゆる面に精通した人物が選ばれる。ロベルトさんは姫様の教育係を五歳の頃から務めているんだ」

「そうよ！　ロベルトは凄いの！　何でも知っているし、何でもできちゃうの！」

彼のことを話しているのが聞こえたのか、姫様が勢いよく会話に入って来た。

ロベルトさんはやれやれと首を横に振っている。

「俺も小さい頃にいろいろ教わった。剣術以外は苦手だったが、先生のおかげで苦手も克服できたよ」

「アスノト君は覚えがよかったですからね。ただこうだと思い込むとなかなか抜け出せないことがあったので、そこは改善が必要です」

「ははっ、肝に銘じておきます」

頑固なところは昔からで、あまり改善されていないようね。

姫様にとってだけではなく、アスノトにとっても先生のような人。ということは、見た目の割に年齢もそれなりなのかしら？

二人が幼い頃から教育係をしているというと、少なくともその時点で成人年齢は超えているはず。つまり、少なくとも一回り以上年上？

全然そうは見えないわね……。

「あの頃から、姫様は先生と結婚すると口癖のように言っていたな」

「その気持ちは今も変わらないわ。私はロベルトが好き、大好きだわ」

「姫様……私は教育係です」

「知っているわよ。今の身分のままじゃ、私たちは永遠に結ばれることはない。わかっているの……」

王女様と教育係。騎士王様と侍女も同じ。本来ならば永遠に、絶対に結ばれることのない恋。

姫様も理解している。理解した上で、諦めずにいる。

「それでも私は諦めない。必ず、あなたと結婚するわ」

姫様とアスノトは、どこか似ている。

そんな気がした。

「ロベルトだって考えてくれているでしょう？　私との将来のこと。知ってるのよ？」

「――っ、何のことでしょう」

「ふふっ、惚《とぼ》けちゃって」

「……」

ロベルトさんは少しだけ頬を赤らめる。

どうやら姫様の一方的な想い、というわけでもなさそうだ。

ロベルトさん自身、姫様に惹かれているのかも。なら、二人の想いを阻んでいるのは一つ、身分差だ。

「はぁ……私が王女じゃなければ話は簡単だったのに。辞められないかしら」

「めったなことをおっしゃらないでください。国民が聞けばどう思うか」

「わかっているわよ。私は王女で、あなたは教育係。この関係がなければ出会えもしなかった。だから本気で嫌なわけじゃないわ。それでも、窮屈なだけよ」

「それが王族というものです。人々の模範であり、代表なのですから」

人々の模範であり、代表。決して自己を優先せず、常に王国のために利する行動を選択し続ける。

感情はいらない。ただ必要なことをする。

たとえ人々に、周囲に疎まれても。それが王だと示し続けたのは、誰でもない私自身だった。

千年後の現在も尚、私が残した考え方が根付いてしまっているのだろうか。だとしたら二人を阻む障害は……。

「イレイナさん、これがさっきの質問の答えよ」

唐突に、姫様が私に語り掛ける。私の質問、二人はどうして婚約を保留にしているのか。

二人に婚約の意思はない。

なぜならば、姫様には想い人がいるから。

「私は王女。だから結婚する相手も自由には選べない。他国の王族、もしくはこの国でも名の知れた貴族でなければ釣り合わない。お父様はそうおっしゃっているわ。そういう基準なら、アスノトはピッタリでしょ？　騎士王だもの」

「だが俺にも、姫様にも婚約の意思はない」

つまり、この話を完全になくさず保留にし続けることで、お互いの未来を守っている。

姫様はロベルトさんと結ばれたい。だけど王族としては、利益のある相手と婚約すべきだ。

放っておけば流れる様に相手は決まるだろう。だからこそ、アスノトとの婚約の話を残したまま保留にしておく。

そうすることで、他の縁談や相手を断り続ける理由になる。

一つ、合点《がてん》がいく。

アスノトが私と婚約したいと言った時、すぐには姫様のことを伝えなかった理由。

彼が勢い任せな性格をしているから、だと思っていた。

それもある。けれど根本に、姫様の想いを知っていたから、二人が婚約することはないと心の奥で確信していたのだろう。

それからもう一つ、考えている最中に気づいた。彼らの婚約は、私が出会う前からあった。

彼はやっぱり、優しい人だ。

「アスノトのおかげで、私はまだ他の誰かと婚約しなくて済んでいるの。でも、アスノトにも素敵な相手ができたみたいだし、そろそろ潮時かもしれないわね」

姫様は私を見ながら片目を瞑る。

別に、私たちは急いでいるわけじゃないし、そもそも私にその気なんて……。

「そうでなくても、顔を合わせる度、陛下からは早く結論を出せと急《せ》かされている。一年も経っているから当然だがな」

「そうね。何か他の方法を考えないといけないわ。一番楽なのは、私とロベルトで駆け落ちすることだけど……」

「ダメです。そんなことをすれば、王国はパニックになります」

早々にロベルトさんが否定する。

王女が行方不明。ロベルトさんが一緒なら、まず誘拐だと思われるだろう。

二人は一緒にいられても、安全はない。

少なくとも穏やかには暮らせない。

「それに、王位を継承できるのは現状、姫様しかおりません。お立場を考えてください」

「わかっているわよ。お父様にも散々言われているもの」

「――?」

姫様しかいない?

私は疑問に思う。姫様が国王に、女王になるということか。

彼女しかいないというのはどういうことだろう。確か現国王には子供が二人いたはずだ。姫様と、その弟である王子が。

元女王として、王族の事情は気になった。

「陛下は姫様を王位継承者に決められたのですか?」

「決めていないけど、決まっているようなものなの。あの子は……私の弟は病気なのよ」

「姫様! その話を勝手に」

「いいのよ。貴族の一部も知っているわ。それに彼女はアスノトが心に決めた人よ? いずれ知ることになるわ」

ロベルトさんは焦った表情を見せている。

どうやら極秘事項だったようだ。というのも、第一王子が病という情報はどこにもなかった。

ルストロール家でも聞いたことがない。

「一時的なもの、ではないのですね」

「ええ。ちょうど二年くらい前から体調を崩して、それからどんどん弱っていった。今はもうベッドから起きることもできないわ」

「そこまで……何の病なのかわかっているのですか？」

姫様は首を横に振る。続きはロベルトさんが答える。

「王国最高の医師たちが診察しましたが、未知の病らしく治療法も見つかっていないのです。今は既存の薬と、治癒の魔法を駆使して病の進行を抑えております。ですが……」

一向に症状は改善しない、と悔しそうにロベルトさんは語った。

どんな方法を駆使しても病は改善せず、一年が経過した頃、国王陛下は姫様とアスノトの婚約を提案したという。

父親として国王がどう思っているかはわからない。

ただ、国王としては王族の血を絶やすことは許されず、国民に不安を抱かせるわけにもいかない。

それ故に、姫様を女王にしようと考えているのだろう。

国王としての判断は間違っていない。

「王族……治らない病……」

「君ならどうだ？　イレイナ」

アスノトが尋ねる。いつになく真剣な表情で。

「君の魔法なら、王子を救えるか？」

「アスノト君」

「アスノト、あまり彼女を困らせてはダメよ。宮廷の魔法使いたちが力を尽くしても変わらなかったのよ？」

「――わかりません」

私は数秒考えてから答えた。できない、ではなく、わからないと。

姫様とロベルトさんが振り向く。アスノトが尋ねる。

「わからないというのは？」

「実際の症状や状況を見ないとわかりません。時間を巻き戻すことは可能ですが、それも一時的です。何よりリスクが大きすぎます」

時間回帰は強力な魔法だ。世の理《ことわり》に反する、もしくは通じる効果の魔法には相応のリスクが伴う。

命を削ることや、取り返しのつかない事態を引き起こす可能性がある。

特に命の巻き戻しは、世界にどんな修正作用が起こるか未知数で、私でもどうなるかわからない。

「実際に見れば、わかるかもしれないんだな？」

「そうですね。そもそも病なのか、それ以外なのかも知っておく必要があります。ですが人の身に起こることは、必ず人の手の届くことです。対処のしようはあると——」

「本当なの!?　あの子を、リクを救える？」

「姫様……」

彼女は私の両肩を摑む。震えた声で、手で、私に尋ねてくる。

彼女の瞳から、弟への心配があふれ出てくるようだ。

自分と愛する人の未来のため、ではない。本心から弟を、王子を案じている。

彼女にはちゃんと、姉弟としての絆があるんだ。

「断言はできませんが、不可能ではないと思います」

私はハッキリとそう告げる。

姫様は瞳を大きく見開き輝かせて、アスノトに視線を向けた。

「彼女は優秀な魔法使いでもある。俺が知る魔法使いの中でも、彼女の魔法は誰よりも強い」

「――イレイナさん！　私からあなたにお願いするわ。私の弟を、リクを救う方法を探してほしい。私たちのためじゃない。あの子の未来のためにも」

「かしこまりました。それがご命令とあれば、最善を尽くしましょう」

別に、彼女たちのためでも、ただ命じられたから、というわけでもない。

王族の癒えぬ病。前世の記憶が過って仕方がない。

嫌な予感がする。元女王として、この国の今に関わった人間として、確かめずにはいられない。

もしも同じ過ちが繰り返されているのだとしたら……。

私には止める義務がある。

「ですが、よろしいのですか？　仮に王子様が回復されても、姫様が次期国王になる可能性が消えるわけではありません」

「いいのよ。それとこれとは話が別だわ。一番はあの子が元気になること」

「かしこまりました」

「気を遣ってくれてありがとう。……でも、女王っていう響きは素敵じゃない？　千年前、この国を守った偉大な女王様は……私の憧れよ」

姫様の何気ない一言に、私は耳を疑った。

偉大な女王？　千年前？

私は驚き、首を傾げる。

「ああ、この話は王族と一部の貴族しか知らなかったわね。千年前の女王様は、王国のために全てを捧《ささ》げた偉大な人だったの。でもクーデターに倒れてしまった。それでも彼女の遺志を継いだ人々が立ち上がり、国を取り戻したのよ」

「それは……」

「女王様の遺志が、人々の心を動かしたのよ」

「──！」

ずっと疑問には思っていた。

私の時代で、女王である私が倒れたことで王政は破壊されたはずだった。けれど今、この国には王政が残っている。どこで戻ったのか、はたまた取り戻したのか。

「……そうですか」

私が倒れた後、人々は戦ったのか。なら、私がしてきたことも……間違いではなかったのかもしれない。

千年越しに少しだけ、前世の私が報われた気持ちになった。

第五章

姫様の弟君、第一王子リク・ヒストリア。

年齢は十四歳。二年前までは風邪一つ引かず、極めて健康であったという。しかしある日高熱に浮かされ倒れて以降、急激に体調は悪化していった。

現在では一日の大半をベッドで過ごし、数日に一度しか目覚めないこともある。

医者たちの見解では、命の終わりが近づいている可能性が高いそうだ。

「――以上が、現時点でわかっていることだ」

「ありがとうございます。アスノト様」

私とアスノトは王城に向かっている。

とある人物から話を聞くために。王城へ赴く機会は、今世だと極端に少ない。そのせいもあってか少し緊張している。

私は小さく深呼吸をした。そんな私に彼が気づく。

「緊張しているのか？」

「……はい。少し」

「大丈夫だ。何か困ることがあれば俺を頼ればいい。そのために俺は一緒にいる」

「――ありがとうございます」

彼は私を安心させるように、笑顔でそう言ってくれた。こういう些細《ささい》な気遣いができることも、彼が多くの人から尊敬され、慕われる証《あかし》なのだろう。

「詳しいことはこれから聞くとして、実際どうなんだ？　俺は魔法のことはわからん」

「そうですね。原因次第、としか今は言えません」

「君はどう思う？　リク王子の病の原因、そもそもあれは病なのか？」

「……私は違う可能性があると思っております」

私は少しだけ声をひそめて、言いよどむ。

「理由は」

「特には。ただの直感です」

根拠はない。言葉通り、そう感じているから。

無理やり根拠をつけるなら、私の前世が理由だ。女王だった私は、身近な人物の裏切りによって命を落とした。

王族は人々に愛されると共に、畏怖や嫉妬を向けられる対象でもある。

現代の王制を快く思わない人間はいるはずだ。

私の時と同じように、何らかの策略に巻き込まれている可能性も少なくない。とはいえ、根拠もなく決めつけることはできない。

本当に病かもしれないんだ。

それを確かめてからじゃないと。

「いらっしゃい。アスノト、イレイナさん」

「おはようございます。お二人とも、本日はお越しいただき感謝いたします」

王城に到着すると、姫様とロベルトさんが出迎えてくれた。

そのまま城内の応接室らしき部屋に案内される。

「先に謝罪しないといけないわ。ごめんなさい。やっぱり直接会わせることは難しそうなの」

姫様が申し訳なさそうに語る。

容態が悪化し続けている今、なるべく外との接触は避けるべき。というのが、医師や国王のご意見だそうだ。

現在、リク王子に面会を許されているのは、肉親である姫様たちと、専属の医師、魔法使い、そして教育係の男性一人だけだという。

「教育係というのは、ロベルトさんでしょうか？」

「いえ、私ではありません。リク王子の教育係は別の者です」

「彼は私たちよりリクの様子を見ているわ。直接は会わせられないけど、彼に話を聞くことはできる。それでも構わないかしら？」

「はい。よろしくお願いします」

姫様は応接室の扉に視線を向ける。そして声をかける。

「入ってきてちょうだい」

「――失礼します」

一人の男性が入室する。服装はロベルトさんと同じで、身長は彼より少し低く、体格は悪くない。

表情はぴしっとしていて、ロベルトさんよりも厳格そうな雰囲気だ。

彼がリク王子の教育係……。

「忙しいところごめんなさい。彼女はイレイナ、騎士王の婚約者よ」

「あなたが……」

彼は私のことを訝《いぶか》しむようにじっと見つめる。

「ラバートと申します。以後、お見知りおきください」

「ラバート、彼女にリクの話をしてあげて。あなたが教育係になってから、あの子の変化を」

　ラバートさんが私を見る。

　目つきが悪いせいだろうけど、睨まれている気分だ。

「かしこまりました。どこからお話しすべきでしょうか」

「では、ラバートさんが教育係になったのはいつ頃でしょう？」

「二年と少し前です。前教育係が急病のために交代することになり、私が担当させていただく運びとなりました」

「ありがとうございます。その頃の様子、体調面や言動、周囲との交友関係も教えていただけますか？」

「はい」

　そこから彼にいろいろと細かく事情を尋ねる。

　ラバートさんは正確に答えてくれるから、話が早い。

　新たに分かったことは大きく三つ。

　彼が着任した時点では、体調面に目立った変化はなく、言動にも特におかしい点はなかった。高熱で倒れて以降、魘されるように眠り、うわ言が増えている。

薬や薬草など、魔法による治癒も効果が薄い、というより見られないそうだ。

「何か特徴的な症状などはありませんでしたか？」

「いえ特には。強いてあげるなら……やはりうわ言が増えたことでしょうか。悪夢を見ているのかもしれません」

「悪夢ですか……」

「申し訳ありません。おそらく熱の影響でしょう。他には特にありませんでした」

リク王子の容態について、これ以上話せることはないという。

私は続けて他の質問を投げかける。

「リク王子の身の回りのお世話は、今はラバートさんがされているのですか？」

「はい。元は侍女や執事が行っておりましたが、陛下や医師の方々の意向で、なるべく接触する人数を減らしたほうが、リク王子の負担を減らせるのではないかと」

「彼は教育に関すること以外の様々な分野に精通している。リク王子のことを任せられる数少ない人だ」

「騎士王にそう言って頂けるとは、光栄です」

ラバートさんが頭を下げる。アスノトがそう評価するということは、彼はよほど優秀な人材なのだろう。

「教育係に任命される人は、それだけ陛下や周囲から信頼されている。俺の先生も含めて」

「ごめんなさい。その分、あなたに負担が増えているのは知っているわ」

「お気になさらないでください、姫様。私もリク王子の身は案じております。教育係として、また明るく元気な姿を見せていただきたいです」

姫様と共にラバートさんもリク王子の身を心配している様子だ。

彼らは王子が元気だったころを知っている。話を聞く限り、リク王子はとても活発で、真面目で、明るい子だったらしい。

それが今は一日の大半を眠って過ごす。

大きすぎる変化に戸惑い、悲しむ気持ちがあるのだろう。

「すみません。もう一つだけお伺いしてもよろしいですか？」

「はい。なんでしょう」

「現在の治療法について、今もまだ薬と魔法による治療を継続されているのですか？」

「薬は続けております。ですが魔法に関しては効果が見られず、一年ほど前から行っておりません」

「魔法による治癒を試みた期間はいつ頃から？」

「そうですね。病が進行してからだったので、倒れられてから三か月頃だったでしょうか」

つまり、魔法による治療を試みた期間は九か月前後。

発症後、効果がなかったことで中止し、この一年は魔法使いの出入りもない。

薬は医者がチェックし、ラバートさんが飲ませているそうだ。ラバートさんは時計を確認している。

「申し訳ありません。そろそろリク王子のところに戻らなければ」

「そうね。あの子は寂しがり屋だから、そばにいてあげて」

「はい」

「ありがとうございました。ラバートさん」

私は頭を下げる。

ラバートさんも同じように頭を下げて言う。

「お役に立てたなら何よりです。それでは――」

立ち去ろうと振り返る。一瞬だけ、私と目が合った。

ただ、それだけだ。

「姫様も、リク王子の様子を見に行かなくてよろしいのですか？」

「……怖いのよ。弱っていくあの子を見るのが」

「……申し訳ありません。余計なことを聞いてしまいました」

「いいのよ。心配してくれてありがとう」

弱っていく肉親を見続ける。

それは一つの地獄の形。私が知らない、けれど似た味は知っている。

彼女の不安を取り除く方法は、リク王子を回復させるしかないだろう。

その方法は未だわからない。

ただ、ヒントは得た。少しだけ危ない橋を渡ることになりそうだけど……。

「アスノト様」

「なんだ？」

「頼りにしておりますよ」

「君が頼ってくれるとはね。もちろん任せておけ」

今の私には、騎士王と呼ばれている偉大な騎士がついている。いざとなれば、彼が守ってくれる。

そう……信じることもいいだろう。

なんて、自分で考えて笑ってしまう。今世は誰にも頼らず、誰も信じず、ただ自分のために生きると決めていたのに。

彼が頼れる騎士王だからいけないのだろうか。それとも、いつの間にか私の中で、彼ならば大丈夫だという安心感が生まれたのだろうか。

もしも後者だとしたら、私は案外……。

「では一つ、お願いさせてください。この後のことですが――」

◇◇◇

王城での話が終わった後、私は屋敷に戻らなかった。アスノトにお願いして、一人で街のほうへと向かっている。

リク王子の一件に関して、必要な材料を街で集めたいから、という理由で。

「少し強引過ぎたかしら」

でも、大丈夫。私が求める材料はきっと集まる。

街中を歩き、商店街へ続く道は混むから、近道をする。人通りの少ない道を意図的に、誘うように。

「――ずっと、視線は感じていたのよ」

黒い影が建物の間を飛び交う。

暗殺者……私たちが王城に向かう時からずっと、誰かの視線は感じていた。

「上手く魔法で気配を消していたみたいね。でも肝心の魔力を消せていないわ」

魔力には感情が乗る。怒り、悲しみ、歓喜、それぞれが魔力に与える影響は異なる。

私は感じていた。私たちを観察し、隙を窺《うかが》っている嫌な魔力を。仮にも女王として君臨し、見られ続けてきた私だ。

彼らの視線に、敵意に気づかぬはずもない。

「来るなら来なさい。逃げも隠れもしないわよ」

「――馬鹿な女だ」

黒い影が私の背後に迫る。

「死ね」

「――お生憎《あいにく》さま」

「ぐっ！」

首元にナイフを振ろうとした暗殺者が動きを止める。

彼の身体には影の手が巻き付いていた。

「これは……シャドウバインド⁉」

「正解よ。自分から間合いに踏み込んでくれてありがとう。いろいろ聞かせてもらうわ」

随分とマヌケな暗殺者たちだ。自分たちが誘い込まれているとも気づかずに……。時代が流れ、刺客《しかく》の程度も下がったのかしら？

だったら悪い時代じゃないわね。

「くっ、動けん……いつの間に詠唱を……」

「何を言っているのかしら？　一流の魔法使いなら、詠唱も魔法陣も省略するものよ」

「なっ……貴様、ただの侍女ではなかったのか？」

本当にマヌケな暗殺者ね。この状況でそんな悠長なことを口にするなんて。

それとも、残っている仲間がなんとかしてくれると思っているのかしら？

「やれ！　生け捕りは中止だ！」

「滑稽ね」

一斉に襲い掛かる暗殺者たち。五人同時に、別々の方向から襲い掛かってくる。

そして全員、私の影で拘束された。

「どこまでマヌケなのかしら。見えていなかったの？　お仲間の失敗から何も学習していないようね」

近づけば影に捕まる。

そんなことも気づかずつっこんでくるなんて。

「馬鹿な！　この人数を一度に拘束だと？　シャドウバインドは一人に対してしか」

「ああ、そうなっているのね、今は」

暗殺者の程度だけじゃない。現代では魔法の技術も、千年前より退化しているのかもしれない。

平和になったことが理由だろうか。

私が生きた時代は、魔法がなければ何も守れない。

戦うために最も必要な力だったのに。

「けどそうね。もう限界かしら？」

「そうだろう！　これほどの魔法、長くは維持できまい！　いずれ限界がくれば貴様は終わりだ。いいや、今この瞬間に終わる！」

「――！　もう一人」

隠れていた。ことは当然知っていた。

勝機があると思い込み、真上から暗殺者が襲い掛かってくる。演技に決まっているじゃない。このまま最後の一人も拘束して——

と、思ったけど必要なさそうだ。

「おい。俺の婚約者に武器を向けたな」

「なっ、ぐあ！」

「まだ婚約者ではありませんよ？　アスノト様」

空中で暗殺者はアスノトに殴られ、壁に叩きつけられた。彼らは驚愕する。さすがに、彼のことを知らぬはずもない。

「騎士王⁉　なぜここに？　屋敷へ向かったのでは……」

「そう報告したお前たちの仲間なら、とっくに拘束済みだ」

「気づいていらしたのですね。ご自身も観察されていることに」

「当然だ。君が何を考えているかまではわからなかったが、念のために追いかけて正解だったよ」

アスノトは魔法で拘束されている暗殺者たちをロープで縛り直していく。

「危ないことをする」

「申し訳ありません。これが一番効率的でした」

「だとしても、俺にも話してほしかったな。次からはそうしてくれ」

「かしこまりました。それと、一人は眠らせずに残してください」

最後の一人を殴ろうとして、アスノトの拳が止まる。

怯えた暗殺者は目を閉じる。再び目を開けた時、私と視線が合う。

「さぁ、教えてもらいましょう。あなたが知っていることを全て」

「話すと思うのか？」

「いいえ、だから無理やり聞き出します」

私は暗殺者の額へ人差し指を向ける。相手の脳内から情報を吸い上げる魔法を発動させた。

この魔法は、相手が眠っていると使えない。

「や、やめろ……お前は一体……！」

「――そういうことですか」

記憶の抜き取りは終わった。

暗殺者を仕向けたのは誰なのか、彼らの目的も含めて理解する。

そしてため息をこぼす。どうやら、私が予想した通り、ありきたりな筋書きが待っているようだ。

「私はただの侍女です」

「ふざけ――」


暗殺者の額を指ではじく。

その衝撃で脳が揺れ、暗殺者はふらつき倒れた。

「何をしたんだ？」

「魔法で記憶を抜き取りました」

「そうか。じゃあ何かわかったんだな？」

「はい。お話しする前に、まずは彼らを運ぶべきかと」

路上に暗殺者が転がっている。

この状況はよくない。いろんな意味で危険だ。

「わかった。騎士団をここに向かわせる。話は屋敷に戻ってから聞くとしよう」

「かしこまりました。では私は屋敷に戻ります」

「ダメだ。また一人にしたら危険なことをするだろう？　俺のそばにいるんだ」

「……かしこまりました」

過保護な人だ。暗殺者に襲われても傷一つなく、完封して見せたばかりなのに。

彼だって気づいているはずだ。

私なら大丈夫だと。

「イレイナ」

「なんでしょう？」

「信頼することは、心配しない理由にはならない。大切だから守りたいと思うんだ。そのことを忘れないでくれ」

「……かしこまりました」

本当に、心配性な人だ。けれど少し、嬉しいと思っている自分がいた。私の強さを、力を見て、それでも心配してくれることに。

「心配なさらずとも、この程度の相手に後れをとるようなことはありません」

「わかっている。しかし、改めて見ても華麗な手際だったな」

「ありがとうございます」

「ここまで魔法を使いこなせる人間を、俺は君以外に知らない。ずっと気になっていたんだが、どうやってここまでの力を身に付けたんだ？」

「……」

私はピタリと動きをとめる。意外ではなく、ついにこの質問をされる日が来たのかと、少しだけ動揺してしまった。

むしろ今まで、どうしてそこに疑問を抱かなかったのか不思議なほどだ。

客観的に見ても、私は魔法使いとして頭一つ以上抜けている。さっき倒した暗殺者たちが驚いていたように、現代において私の魔法は、普通ではないようだ。

「自力で修行したのか？　それとも師がいるのか？」

「……」

「すまない。聞いてほしくないことだったか」

「いえ、そういうわけではありません。ただ、つまらない話ですので、わざわざアスノト様のお耳に入れるようなことではないと思います」

「つまらなくはないさ。君の話ならなんだって聞きたい。前にも言ったろう？　俺はもっと、君のことが知りたいんだ」

「……」

少し、迷った。

彼は真剣で、紳士的で、まっすぐな人だから。仮に私のことを話しても、不用意に言いふらすことはないだろう。

今までの関わりを通して、彼が本気で私のことを知ろうとしてくれている。私を婚約者に迎え入れたい気持ちに、嘘はないことくらい伝わっている。

そんな彼ならば、本当のことを話しても……。

「あまり時間をかけてはいられません。その話はいずれ」

「……それもそうだな。すまない」

「いえ、私こそ申し訳ありません」

結局誤魔化してしまった。話してしまってもいいと、一瞬だけ思ったのに、それはダメだと否定する自分が現れた。

別に話したっていいじゃないか。過去の私は、どうやら現代では偉大な女王として伝わっているらしい。

私が本人だと知ったところで、非難されたり、侮蔑されることはないだろう。逆に尊敬の眼差しを向けられるかもしれない。

違う。そうじゃなくて……こんな話をしたところで、きっと信じてはもらえない。

頭のおかしい女だと思われるのが……嫌だった？

「……私は――」

こんなにも、他人と関わることに臆病だったのか。

生まれ変わって十数年、自分のことを知っていくのが……少しだけ怖かった。

◇◇◇

暗殺者たちは駆けつけた騎士が対応してくれた。

その後の処理も彼らに任せるとのことだ。私とアスノトが帰宅するときには、すっかり日も暮れてしまった。

夕食に入浴も済ませて、ようやく時間ができる。私はアスノトと共に、一室で話す。

「王城の関係者に、反王族を掲げる勢力が紛れ込んでいます」

「――！　それは事実か？」

「はい。間違いありません。あの暗殺者を裏で操っているのは、反王族の勢力です」

「……そうか」

アスノトは静かに頷く。驚きが薄いところを見るに、何となく察していたのかもしれない。彼は続けて語る。

「反王族を掲げる者たちの存在は、これまでにもたびたび問題になっている。俺も何度か反王族を名乗る者たちと剣を交えた。王城内にもいるとはな……」

「具体的に誰か、まではわかりませんでした。彼らは姿を隠して暗殺者に接触しています。ただ王城内の事情をある程度は把握している所から見ても、かなり近くに潜り込んでいると思います」

「危険だな。その気になれば陛下に刃を届かせられるということじゃないか」

「はい。ただ、そうなっていない現状、陛下の近くではないでしょう」

国王陛下がどういう人物か知らない。ただ、反王族勢力の存在を知っているなら、易々《やすやす》と近づかせはしないだろう。

そうなると陛下の周囲ではなく、姫様や王子様の……。

「はぁ……」

ここまで情報が揃《そろ》えばもはや確信が持てる。

候補は一人しかいない。むしろなぜ、誰もその可能性に触れてこなかったのか。お人好しが過ぎる。というより、そういう甘さを上手く利用されて、付け込まれていたのだろう。だけど、私には通じない。

信頼が確実なものではないことを、私は嫌というほど知っているから。

「アスノト様、リク王子ですが、やはり病ではないと思われます」

「……わかったんだな？　黒幕が」

「はい。ですので少しお時間を——」

「もちろん俺も君とともに王城へ向かう。これは主人としての命令だ」

私のセリフを先んじて潰してきた。ずるい人だ。

こういう時だけ、主人としての命令権を主張するなんて。

「ご安心ください。最初から一人で動くつもりはございません。どうか、アスノト様のお力も貸していただきたいと思っております」

「――そうか。ぜひとも頼ってくれ」

「はい」

今度は嬉しそうに。剣を振るっている時は凜々しいのに、時折見せる子供っぽさは何なのだろう。

「では今夜、今から動きます。お手伝い頂けますか？」

「もちろんだ。国に潜む脅威を放置することなど、騎士としてできない。君に刃を向ける者も、俺は許さない」

さぁ、心強い味方もいる。今は一人じゃない。過去の失敗は繰り返させない。

王族は恨まれて当然？

違う。恨まれていい理由なんて、当然なんて思わせない。

彼らは気づくべきだ。私たちも、一人の人間なのだということに。

◇◇◇

満月の夜。何か重要なことが起こる時、必ず夜空には満月が輝く。

そういう運命なのだろうか。だから私は、満月があまり好きじゃない。

決まっていつも、私にとってよくない転機が訪れるから。けれど今は、少しだけ気分がいい。

「――あと少しだ」

「何があと少しなのですか？」

「――！　あなたは……」

「こんばんは、ラバートさん」

私たちは邂逅《かいこう》する。夜の一室、ここは王城、ベッドではリク王子が眠っている。

私はカーテンの開いた窓を背に、ベッドの横に立つラバートさんと向き合う。視線を少し下げると、苦しそうに魘されている少年の顔があった。

「その方が、リク王子ですね。とても苦しそう……」

「……なぜあなたがここにいるのです？　ここはリク王子の寝室です。無断で部外者が立ち入っていい場所ではありません」

「知っています。許可を受けた一部の人間のみ入室を許されている……王城で最も安全な部屋。だからこそ、一番危険な場所でもあるのですよ」

「何を言っているのですか？　質問の答えになっていません。私が聞いているのは――！」

ラバートさんは驚く。瞬間、話していたはずの私は視界から消えた。

次に私を視界に捉えたのは、リク王子が眠るベッドの反対側。

私はリク王子の頬に触れている。

「……やっぱり、思った通りですね」

「何をしているのです？　リク王子から離れなさい！」

「精神干渉系の魔法、しかも多重にかけ、呪いまで付与していますね」

「――！」

ラバートさんがびくりと反応する。

私はふっと笑みを浮かべ、彼に微笑みかける。

「とても優れた魔法です。これほどの魔法の才能、よほど恵まれた力をお持ちなのでしょう。だからこそ残念に思います。この力を、もっと人のために使うべきでしたね」

「……何を言っているのですか？」

「もう誤魔化さなくて結構ですよ？　反王族勢力のリーダーさん」

「――!!」

どれほど優れた魔法も、私の目はごまかせない。

この程度、千年前にはありふれた技術だ。言葉も、態度も、表情も、どれだけ偽ろうとも、私は最初から疑っている。

そうして疑いは、確信へと変わった。

ラバートさんは驚きつつも、呆れたようにため息をこぼす。

「何をおっしゃるかと思えば、私が反王族勢力？　そんなわけがありません。私は誇り高きリク王子の教育係です」

「そういう風に振る舞っていたことはわかっています。とても性格が真面目ですね。王族に反しながら、仕事はきっちりとこなしている。だからこそ、周囲からの信頼も厚い。さぞ動きやすかったでしょう？」

「根拠のない理由ですね。まさか、リク王子に何かされたのはあなたですか？　私に罪を被《かぶ》せようと考えているようですね」

「まさか、私はリク王子をお救いするためにここへ来ました。彼の心が壊れてしまう前に」

彼が倒れた理由は病ではない。精神干渉魔法、他人の心を破壊し、傀儡《かいらい》とすることができる。

それを多重にかけ、呪いを併用することで魔法を病に偽装している。

並の魔法使いでも気づかないように、上手く彼の魔力と同調させているらしい。つまり、彼が侵されているのは肉体ではなく精神だ。

彼は魔法に抗《あらが》い続けている。

他の症状は、魔法に耐えていることで生まれた副作用。

「凄い精神力です。これに二年も耐え続けている……子供とは思えない」

「さっきから適当なことを。仮に魔法だとして、それに気づかないとお思いですか？ここには宮廷の優れた魔法使いもいるのですよ」

「はい。だから、その方々もお仲間なのでしょう？」

私が尋ねると、ラバートさんは呆れる。

「妄想が過ぎますね」

「生憎、そういった癖はございません。私の言葉はすべて事実、そろそろ諦めてください。暗殺者から情報は得ていますよ」

「――！」

「気づいているのでしょう？　あなたが放った刺客からの連絡が途絶えていることに」

騎士団に回収させた暗殺者たち。

その情報はアスノトの一存で、まだ上へは報告されていない。

「――そうですか。では、彼らは失敗したようですね」

ため息をこぼしたラバートさんの雰囲気が変わる。

元々鋭い目つきがさらに鋭くなり、私のことを睨みつける。

「お前と言葉を交わしたのは失敗だったな。あの時から、私のことを疑っていたのだろう？」

「はい。あなたが一番、可能性が高いと思っておりました」

「おかしいな。王族や周囲は完全に私を信用していたはずだがな……」

「そう聞いております。だからこそ、あなたが怪しいと思ったのですよ」

私はニコリと微笑む。千年前の光景が、脳裏を抜ける。

「最も信頼すべき味方こそ、敵であると疑い続けなければならない。そうしても尚、裏切りには気づけない」

「随分と疑《うたぐ》り深《ぶか》いな。裏切られたことでもあるのか？」

心がざわつく。嫌でも過去を、かつての失敗を思い浮かべてしまうから。

「はい。だから私に、いい人のフリは通じませんよ？」

「ふっ、ならば仕方がない」

ラバートは両手を合わせる。彼を中心に、部屋を覆うように結界が展開される。

内外の情報伝達を阻害する結界だ。これで……。

「今から何が起ころうと、逃げることはできない」

「お互いに、ですね」

結界の展開中、発動者であるラバートも外には出られない。

条件は同じだ。

「その余裕がいつまでもつかな？　言っておくが、私は暗殺者とは比較にならないぞ。

力も、思想もな！」

「思想……どんな崇高な思想をお持ちなのですか？」

「決まっている！　我々は亡き変革の女王フレンディーナの遺志を継ぐ者！」

「――！」

私は驚愕する。驚かずにはいられない。

なぜなら、彼が口にしたのは……。

「お前は知っているか？　彼の女王は変革のための犠牲となった！　彼女が成そうとしたのは真の平和！　王政などという縛りではない！　彼女が望んだのは、誰もが平等に評価され、自由に生きる世界だ」

「……確かに、そうかもしれないわね」

かつての私はそんな世界を望んでいた。王国に暮らす人々が、恐怖や不安を感じず、平和に暮らせる世界にしたい。

そのために、あらゆる悪をその身で受けよう。人々の平和のためなら、この身の全てを捧げても構わない。

そう、望んだ。だけど……。

「そのために、幼い王子を傀儡にするつもりですか？」

「変革のためだ！　彼の女王も自らを捧げた！　ならば現代の王もそうであるべきだ。むしろ光栄なことだと思わないかい？」

「――あなたは……」

歪《ゆが》んでいる。私の理想、思想、それを勝手に解釈して。まるで、自ら望んで死を受け入れたように。

違う。私を裏切ったのは、私が最も信頼していた仲間たちだった。

私自身が変革を起こしたかったわけではない。彼らが変革を起こし、人々の意思で元に戻っただけだ。

私の死に意味があるとすれば、人々が自らの未来を選択するきっかけになったこと。断じて、変革のための死ではない。

「そんな下らない理由に、私の名前を使わないでほしいわね」

「……？　何を言っている？」

「あなたと話していると頭が痛くなる」

怒りと呆れから、私は拳に力を入れる。感情の乱れが魔力にも伝わり、身体から魔力が流れ出る。

それに気づいたのか、眠っていた王子が目を覚ます。

「う……だ……れ？」

「大丈夫よ。悪夢はすぐに終わるわ」

私は優しく微笑みかける。変革なんてくだらない。

そんな理由で、罪のない命を、未来を汚されるなんてあってはならない。

「目を瞑って」

「は……い」

私は彼の額に手を触れる。何重にもなっている魔法と呪い、下手に手を出せば悪化し、自分にも返ってくる。

「王子の魔法を解除するつもりか？　無駄なことはよせ。同じ魔法を自らも受けるだけだ」

「──なめないで」

この程度の魔法、私が解除できないわけがない。私が女王として君臨したのは、何も地位と権力に頼ったからじゃない。

あの時代には必要だった。他を圧倒するだけの、絶対的な力が。魔法使いとしての実力が。だからこんなもの──

「解くことなんて簡単なのよ」

「なっ……馬鹿な！」

ラバートは気づくだろう。

彼に魔法をかけた張本人なら、魔法の効果が解除されたことに。

「あれ……身体が……」

「ありえない！　あの魔法を解除するなど！」

焦りを見せるラバート。久しぶりにハッキリと目覚めたリク王子は、私と視線を合わせる。

この状況を一言では説明できない。不安はあるだろう。だから私はできるだけ明るい笑顔を見せる。

「あなたは……？」

「ただの侍女です、リク王子」

「じ、じょ？」

「馬鹿な！　侍女風情がこの私の魔法を解除するなど！　こうなったらこの場で二人とも——！」

直後、部屋の結界が破壊される。

特異体質。あらゆる魔法を無効化する肉体は、触れるだけで結界を破壊できる。

「お待ちしておりました。アスノト様」

「遅れてすまないな。医者と魔法使い、どちらも確保したよ。あとは——お前だ」

「騎士王！　くっ」

「無駄だ」

アスノトの刃が、ラバートの喉元に突きつけられる。一瞬で間合いを詰められ、もはや動くことすらできなかったようだ。

「彼女に危害を加えようというなら、容赦はしない」

「……こんな……」

アスノトが剣の柄《つか》でラバートの首を打ち、意思を刈り取る。ラバートは最後まで私を睨んでいた。

「一件落着、ですね」

「そうだな。お手柄だよ」

よくやった。でも無茶をしすぎて心配だ、とアスノトは私に言った。

これは私の義務でもある。女王として私がやったことは、私の存在は、現代の人々にも影響していた。

私の存在が、誰かの不幸を招いてはいけない。

リク王子も、王女様も、王族だからといって、危険が当たり前な日々を送るのは間違っている。

せっかく平和になったのなら、彼らも穏やかに……。

「――まだ、だ！」

「――！」

「こいつ、まだ意識が⁉」

アスノトに倒され気絶したはずのラバートが、自らの意思で覚醒し、私に憎悪の視線を向けている。

アスノトが瞬時に駆け出し、暴れるラバートを抑え込む。

「無駄な抵抗はよせ」

「変革だ！　変革のための贄《にえ》を……邪魔をした貴様には罰を！」

ラバートは右手を私にかざす。寒気がした。これはただの魔法ではない。彼が私に向けて放ったのは――

「呪い……」

「変革のために死――っ」

ラバートは今度は本当に気絶した。アスノトが今度は少し強めに後頭部を叩き、彼の意識を沈めたようだ。

「っ……」

「イレイナ！」

しかし少しだけ遅かった。呪いはすでに放たれ、私の身体を薄黒い膜のようなものが覆っている。

「これは……」

「油断しましたね……最後の最後に、呪いを受けるなんて」

呪いは通常の魔法とは異なり、発動までに手順が必要となる。しかし例外が一つだけあった。

それは強い感情を元に、己の全てを捧げることだった。

呪いの根源は、負の感情だ。誰かを恨み、憎み、嫉《そね》み、殺したいと願う心こそが、呪いを生み出す。

彼はあの瞬間、誰よりも私のことを憎んでいた。自身の計画を潰されて、恨みを覚えていた。

どうせ捕まってしまうのならば、と。彼は自身の魔力の全てを犠牲にすることで、即座に呪いを生み出し、私に付与した。

彼は今後一切、魔法を使うことができない身体になった。その代わりに、強力な呪いを私に残していった。

痛みがひどい。めまいもする。今にも倒れてしまいそうな身体を、アスノトが優しく抱き寄せる。

「すまない。俺が油断しなければ……」

「いえ、これも私のミスです。呪いのことを誰よりも知っていたのに……油断しただけです」

「すぐに他の魔法使いを呼ぶ！」

「必要ありません。解呪なら……自分でやれますから」

「――！　そう、なのか？」

「はい。私は……呪いには慣れているので」

呪いは負の感情だ。他人の想いをぶつけられて、自身の心にも影響が及ぶ。呪いを受けている間、私の心は弱っていた。

いつになく、後ろ向きな気持ちがあふれ出て、不安が過る。こんな時こそ、私は過去の自分を思い出す。

呪いを受けたのは初めてじゃなかった。過去に何度も、私のことを恨む者たちの手によって、この身は呪いにむしばまれていた。

私は死ぬわけにはいかなかったから、独自に呪いの研究を進め、本来は不可能な自力での解呪方法を生み出した。

少々時間はかかるし、通常の何倍もの苦痛を味わうことになるけれど、慣れてしまえばなんてことはない。

　苦しさを我慢すればいいだけだ。

「俺は魔法に詳しいわけじゃない。呪いに関してもさっぱりだ。だけど、呪いを自力で解くなんて、普通じゃないことはわかる」

「……」

「それに、慣れているだって？　呪われることに慣れるなんて、ありえないことだ。でも冗談に聞こえない。君は本当に……」

「……」

　当然の疑問だろう。呪いを看破し、簡単に解呪しただけでも普通じゃないのに、呪いを受けても驚かず、冷静に対処できる。

　そんな人間はそうそういないし、慣れているという表現は、私も口が滑ったとしか言いようがなかった。

　呪いの影響で心が弱っていたからこそ、私は無意識にヒントを与えてしまったのかもしれない。

「本当に大丈夫なんだな？」

「はい。このまま……しばらく動けませんが、解呪はできます」

「そうか。なら待とう。幸い、殿下も眠っている」

呪いが解呪された殿下だったが、これまで眠り続けていたことには変わりなく、すぐ元気になれるわけじゃない。

安心したのか、それとも一瞬だけ意識が戻ったのか。私と言葉を交わしたのち、王子は眠りについた。

大丈夫だ。呪いは解呪されている。あとは肉体の回復さえ待てば、王子は元の生活に戻れるだろう。

「イレイナ、君は……一体何者なんだ？」

「……」

「呪いに慣れていると君は言ったな？　もしもそれが……俺が知らないところで、君が苦しんでいる理由なら……放っておけない」

動けない私をアスノトは抱きしめ、ぎゅっと力を籠める。

「話したくないことかもしれない。でも……知りたい。力になりたいんだ。君の……」

「……本当に、お人好しですね」

弱った心に、呪いに侵された今の私に、その優しさは温かすぎる。

私が正体を隠す理由は、余計な混乱を招くからで、誠実な彼ならば誰かに言いふらすこともないとわかっている。

それでも躊躇するのは、不安だからだ。

こんな話を信じてもらえるはずがないと……でも、ダメだ。こんな顔をされたら、優しさに当てられたら、絆《ほだ》される。

彼ならば信じてくれるのではないかと……そう、思ってしまった。

「もしも、私が……かつて女王だったと言ったら、あなたは信じる？」

「信じるよ」

「——！」

彼は即答した。一切の逡巡《しゅんじゅん》もなく、ハッキリと答えた。

私は驚いて、暫《しばら》く言葉がでなかった。

「イレイナ？」

「……どうして、そんなにあっさり信じるの？」

「君がそんな嘘をつくような人だとは思わないからだよ」

「……わからないわよ」

「わかるさ。これでも多くの人を見てきた。いろんな人と関わった……君は、誰かを傷つけるような嘘をつかない人間だ」

「……」

まるで、自分の心を見透かされているような気分だった。彼の言葉はまっすぐで、偽りはなく、本心から私に向けられている。

「そんな君が言うのなら、真実なのだろうね」

「……本当に」

どこまでも優しくて、私は呆れてしまう。伝えるべきか否か、悩んでいた自分が馬鹿らしく思える。

彼のやさしさのおかげなのだろうか。少しずつだけど、辛かった身体の痛みが和らいでいく。

この日、私は生まれ変わって初めて、自分の過去を他人に打ち明けた。

彼は最後まで静かに、笑うこともせず、真剣に聞いてくれた。

◇◇◇

後日談。リク王子の容態はみるみる回復していった。

魔法の効果が消えたことで精神も安定し、起き上がれるようにはなったそうだ。

身体に影響が出るものではなかったが、二年間ほぼ寝たきりの生活だった分、全身廃用は起こってしまっている。

これからしばらくは安静とリハビリだろう。ただ、容態が安定したことで、半隔離状態も解除された。

私とアスノトは、リク王子の寝室に招かれ、姫様やロベルトさんも一緒にいる。

「アスノトさん、イレイナさん、ボクのことを助けてくれて本当にありがとうございます」

「私からもお礼を言わせて。本当に……本当にありがとう」

二人の王族が、揃って私たちに頭を下げている。

やめてほしい。私はただ、取るべき責任を取っただけなのだから。

感謝なんてむず痒《がゆ》い。

「お元気になられてよかったです。何かございましたら、遠慮なくおっしゃってください。アスノト様の侍女として、可能な限りお応えさせていただきます」

「あの、なら一つ、イレイナさんにお願いをしてもいいでしょうか？」

「はい。なんでしょう？」

「――ボクの、お嫁さんになってくれませんか？」

予想外の展開に驚愕する。

私だけじゃなく、アスノトや姫様も。

「あらまぁ」

「っ――！」

「それは……」

「助けてくれた時のこと、すごく格好良くて、綺麗な横顔が忘れられませんでした。ひ、一目ぼれしてしまったみたいです、ボク……」

リク王子は恥ずかしそうに語る。顔を赤くして。私は自然と、アスノトに視線を向けた。彼はとても複雑な顔をしている。自分がと主張したいけど、相手は王子で、しかも病み上がりだ。

いろんな感情が渦巻いて、どうしていいかわからない。けど、主張したい。自分の婚約者だと……なんて、思っていることが伝わってくる。

私は笑う。そうだとわかってしまう自分に。

「ありがとうございます。とても光栄です。ですが申し訳ありません。今の私は、アスノト様の侍女ですので」

王族だったのは前世の話。

今の私は、ただの侍女、王子様の隣には立てない。だって彼が、私のご主人様が、手を離してくれるとは思えないから。

困った話だ。でも——

今いる場所は、悪くはないから。

第六章

私はグレーセル家、アスノト様の侍女。今日も変わらず仕事をこなす。彼の剣技は卓越しているが、それ以外は少々苦手らしい。

最近ではアスノト様の事務仕事のお手伝いをするようになった。

主人の困りごとに対応するのも侍女の務めだ。

「助かるよ、イレイナ。こういう仕事はどうも手が止まる。身体を動かしているほうがずっと気楽だ」

「お気になさらないでください。これも侍女としての仕事の一つです」

「仕事熱心だな君は。働き過ぎて倒れないか心配だぞ」

「ご安心ください。これでも身体は丈夫なほうです」

前世でも、一日の休みもなく働き続けていた。周りから過労を心配されることもあったけど、次第に心配の声はなくなった。

この人は放っておいても大丈夫だ、とでも思われたのだろう。

結局、最後は裏切りで幕を閉じたし。私はこれまで、過労で倒れるという経験をしたことがない。

たぶん、この先もないだろうと思っている。

「アスノト様、こちらの報告書は……」

「ん？　ああ、この間の件の報告書か。俺は目を通している。君も中を見ておくといい」

「よろしいのですか？　極秘の内容だと思われますが」

「構わない。君も当事者の一人だ」

アスノトに許可を貰い、中身を確認する。記されていたのは、捕縛した反王族組織から得た情報だった。

ラバートは依然として口を割らない。

魔法による記憶の抽出を行ったが、何も情報は得られなかったという。

どうやら予《あらかじ》め、捕縛されたら重要な記憶が削除されるように魔法を組み込んでいたようだ。一緒に捕らえた医師と魔法使いからは少し情報を得られたらしい。

具体的に誰かまではわからないが、王都内に潜り込んでいる組織のメンバーは他にもいるそうだ。

「思ったより根は深いところにありそうだな」

「そのようですね。いかがされますか？」

「今は何もできないよ。情報が不足している。誰が敵なのかわからないが、味方まで疑い出したら、それこそ王城内でも不和を生むだろう。それが敵の狙いなら思うつぼだ」

「……そうですね」

おそらく、貴族も何人かは絡んでいるだろう。

王城内は警備も厳しい。騎士だけでなく、魔法使いも駐屯している。

彼ら全ての目を欺き行動するのは簡単じゃない。

リク王子の件といい、ある程度権力がある地位の者が支援した可能性は高い。

報告書には記されていなかったけど、この状況なら誰でも予想がつく。

今回の一件は、アスノトの功績になるよう調整された。私の名前や行動は表には出ない。ただ、私はもう関わってしまった。

自分の意志だったとはいえ、これで平穏からさらに遠くなってしまっただろうか。

「イレイナ、どうして断ったんだ？」

「何の話でしょう？」

「その、リク王子の告白だ」

ったのに。


「そのことですか」

神妙な面持ちで尋ねてくるから何かと思えば。ずっと気になっていたのだろう。ここ数日、変にソワソワしていたのはそのせいか。もっと早く聞いてくれてもよかったのに。


変なところで気を遣う人だ。

「私は侍女です。王子様とは釣り合いません」

「そんなこと、リク王子もわかった上で告白したと思うぞ。それに君は……」

アスノトは言葉を濁す。

彼はすでに知っている。私の正体と、これまで歩んできた道のりを。

ラバートから受けた呪いを解呪しながら、私は彼に自分自身の過去と、生まれ変わってからのことを話した。

つまり彼は、私が現代では崇《あが》められている偉大な女王だったことを知っているただ一人の人物だ。

釣り合いという意味ならば、かつての女王と現代の王子、すでに十分すぎる関係性だと自覚している。

しかし、その事実を知るのは私と彼のみだ。

「私は過去を、アスノト様以外に話していません。話すつもりもありません」

「わかっているよ。でも君なら、釣り合いだってどうにかできるはずだ」

「……私が求めているのは平穏な日々です。リク王子と婚約すれば、私も王族の一員となります。王族には相応の責任が伴います。それは、私が求める平穏とはかけ離れた未来です」

「……平穏か」

王族の苦しさも、忙しさも、私は誰よりも知っている。正直、あの場所に戻りたいという気持ちはまったくない。

王国の人々はガッカリするだろうか。

かつて女王として君臨した私が、その座を嫌っているなんて……けど、もういい。

裏切られて、痛い思いをするのは、もううんざりだ。私は平穏に生きる。

「後悔はしていないんだな？」

「はい。こうして侍女として働ける。これ以上の幸せはありませんので」

「それだけじゃない。俺に話したことだ」

「……そうですね。後悔はしていませんが、少し驚きました。真実を知っても、何も変わらないのですね」

彼はこれまで通り私に接してくれていた。

「ダメだったか？　君がそうしてほしいと言っていたからなんだが」

「そうですね」

私がそうしてほしいと、女王としての私は過去のものだから、気にする必要はないと言った、のだけど、あっさりしすぎていて驚いただけだ。

彼は私の素性を知っても驚かなかったし、簡単に受け入れて、今まで通りこうして侍女として傍においている。

「これなら、話しても話さなくても同じでしたね」

「そうでもないさ。これで一つ、俺は君のことが知れたんだ」

「知っても気にしていない様子ですが？」

「気にはしている。でも、俺が好きになったのは過去の君じゃなくて、今ここにいる君なんだよ。だからこれ以上、詮索する気は一切ない」

彼は穏やかに笑いかけてくる。

「君がどんな過去を持とうと、今の君はイレイナだ。女王じゃない、ここにいる君が大切で、それ以外はいらないんだよ」

「……」

「イレイナ？　どうかしたか？」

「なんでもありません」

思わずドキッとしてしまった。

彼は私を見ている。過去を知って尚、私の奥にいる女王の私ではなく、生まれ変わったイレイナとしての私を見て、求めてくれている。

これまで一度も、私の力を利用したり、頼ろうとすることはなかった。最初からそうだったんだ。

彼が求めているのは私自身で、私の力や過去なんて関係ない。そのことを再確認して、心がざわついている。

「まぁいい。モヤモヤが一つ解消されたよ。元より君を手放す気はないがな？　君が将来婚約し、結婚するのは俺なんだ」

「――！　ま、まだ諦めていなかったのですね」

「諦めるも何も決定事項だよ。俺は一度決めたことは必ずやり遂げる」

頑固というか、執念深い人だ。素敵な女性なら世の中にもっとたくさんいる。

私みたいな扱いにくい女性より、きっと他にいい人が見つかるはずだ。その気になれば誰だって、彼の告白を断らないだろう。

「――勘違いしないでくれ。俺は君がいいんだ」

まるで私の心を見透かすような一言が聞こえる。

私は彼と視線を合わせる。温かく、優しい表情で彼は言う。

「一緒にいるだけじゃ足りない。目に見える距離だけじゃなくて、心も、魂も共にありたい。そう思ったのは君が初めてなんだよ」

「……そうですか」

心と魂を共に。それは、互いの運命を、命を預け合うということか。

考えられない。少なくとも、今の私には……。

だって……怖いから。信じて、委ねて、裏切られてしまうかもしれないと……。

そう思ってしまうのは私の弱さだ。彼が悪いわけじゃない。

「では、アスノト様は提供してくださるのですか？　私が求める理想の平穏を」

「具体的には？」

「地位や権力、役割から解放され、のどかな場所でのんびりと、余生を過ごしたいのです」

「それが、今の君の想いなんだね？」

そう言って彼は笑う。

「のどかな場所でのんびりと……か。いいな。俺もそういう生活には憧れる」

「騎士王と呼ばれる方が、弱気な発言ですね」

「平穏とは平和だ。皆が安心して送れる日々に、本来剣など必要ない。俺たち騎士の役目は、人々の平和を維持すること。彼らに剣を見せてはいけない。真の平和に、騎士はいらない」

「騎士王のセリフとは思えませんね」

「弱気なのは認めるよ」

ふと、以前にアスノトが言っていたことを思い出す。

彼は不安を抱えていた。騎士王としての重圧、人々の想いにどこまで応え続けられるのかという。

彼にしか、王と呼ばれる人間にしかわからない不安を。

騎士王の称号は、この国で最も強い騎士であることを示す。

人々は思う。彼がいるから、この国は安泰だと。騎士王の存在は、この国の人々にとって平和の象徴なのだ。

もちろん、彼も理解しているだろう。

「俺の存在に安心してくれることは嬉しい。皆が望むなら喜んで剣を振るおう。だが、俺は不死身じゃない。いつまでも剣を握れるわけじゃない。大事なのは、俺がいなくなった後の話だ」

「……そういうことまで考えていらっしゃるのですね」

「考えているさ。常に未来のことを……俺は頭がいいわけじゃない。だからこそ、考え続けなければならない。肉体は老い、剣は錆《さ》びる。それは自然の摂理だ」

少し意外だった。彼のことだから、自分がもっと強くなれば問題ないとか。おじさんになっても戦い続けよう、なんて考えているものかと。

「なんて、考え始めたのは最近だ。君と出会ってからかな」

「私と？」

「ああ。君との未来を想像した。戦場ではなく、穏やかな場所で二人……いずれは三人、四人になって幸せに暮らす光景を。そんな未来を作りたい。俺が思い描く理想に、剣なんて物騒なものは相応しくないんだ」

「……考えているのですね」

人々の、国の未来だけじゃない。私と共に暮らす、生きる未来を想像している。

この出会いが、彼の考えを変えたのだろうか。だとしたら、少しだけ嬉しい。

「といっても、今のところ具体的な案はない。一番いいのは引退してのんびり過ごすことだけど……騎士王に自主的な引退は認められていないんだ。辞めるなら次の騎士王が生まれてからになる」

「次の更新は、二か月後でしたね」

「ああ、だがもう俺が継続することに決まっているらしい。次の一年も騎士王のままだ」

「喜ばしいことでしょう。人々にとっては」

「そうだな。皆が望み、安心してくれるなら、今はそれでいい。でもいつかは……」

私たちが望む未来。果たしてそれは、いつになれば手に入るだろう。

私にも思い浮かばない。

よい方法は……こんな時、自分たち以外に相談できる相手がいれば、視野が広がったかもしれない。

◇◇◇

「――それならいい方法があるわ」

「本当か？」

相談できる相手は身近にいた。

といっても、本来ならば気軽に相談できるような相手ではないけど、彼女は例外だった。この国の王女様は、私の主人と幼馴染の友人だ。

あの事件が終わってから、二日に一回くらいのペースで遊びに来るようになった。

「ようするに、円満な状態で引退できて、グレーセル家の地位も維持できればいいのでしょう？」

「ああ、欲を言えばそうだな」

「だったら栄誉騎士になればいいのよ」

「栄誉騎士か……」

アスノトが難しい表情を見せる。聞かない名前に私はキョトンと首を傾げる。それに気づいた王女様が、考えているアスノトの代わりに説明する。

「栄誉騎士というのは、騎士王と同じ称号の一つよ」

「そうなのですね。聞き慣れない言葉でしたので……」

「それはそうよ。めったにこの称号に見合う人は現れないわ」

「アスノト様なら、その称号も得ることはできるのですか？」

彼はすでに騎士王の称号を得ている。二つの称号を得ることがそもそも可能なのか尋ねた。王女様は答える。

「可能よ。ただ……条件的に彼には厳しいわね」

「条件、ですか？」

「ええ。栄誉騎士になるための条件は、これより十年以上、騎士団、王国の未来に対して極めて優良な成果を残すこと。つまり、未来の王国にどれだけ貢献できるかなの」

「それは……」

王女様の説明を聞いて理解する。

確かに、騎士王の称号よりもずっと名誉なことかもしれない。つまり栄誉騎士とは、未来に名を遺《のこ》す偉人になれ、ということなのだから。

遊びに来てくれた王女様に紅茶とお菓子を振る舞う。この光景も馴染みのものになりつつあった。

私たちは庭のテラスに集まり、午後の穏やかなひと時を過ごす。

「今日も美味しいわ」

「ありがとうございます」

「あの子も連れてきたかったわね」

「リク王子のことか？　体調は良好なのだろう？」

アスノトが紅茶を飲み終わり、カップをテーブルに置いて尋ねた。

王女様が答える。

「ええ、おかげさまで。でもまだ歩き回れるほど体力が戻っていないわ」

「二年近く寝たきりだったからな。仕方がないか」

「そうね。あの子はこれからよ。それまでに婚約できていないと、アスノト、あなたが大変になるかもしれないわね？　あの子も本気だから」

「っ……わかっているさ」

アスノトは焦りを見せ、王女様は楽しそうに笑う。

私は複雑な心境だ。

リク王子の告白を私は丁重にお断りした。けれど彼は諦めていないらしい。

必ず私の心を射止めてみせると意気込んでいることを、王女様から聞いていた。

私の周りの人間は、どうしてこうも頑固なのだろうか。ため息がこぼれる。

「さぁ、さっきの話の続きをしましょうか」

「栄誉騎士の話か。正直、あまり現実的ではないな」

「そうね。あなたには不向きだわ」

「……認めるのは癪《しゃく》だが、事実だな」

栄誉騎士の称号を得た者は、引退後も騎士団に関わることになる。

ただし現役の騎士とは異なり、作戦への参加や訓練など、騎士団の命令に従う必要はない。

有事の際を除き、騎士としての威厳や地位を保ったまま、一般人と同じような生活を送ることが許される。

わかりやすく言えば、仕事をせずにお金を貰って、田舎でのんびり生活もできる、ということだ。

破格の待遇だが、その分、選ばれるための条件は厳しい。

騎士団、王国の未来に優良な何かを残すこと。単なる実績ではなく、形として残る何かでなければならない。

例えばこれが薬師なら話が早い。薬は現在のみならず、未来の人々も救うものだ。一つ完成させることで、多くの人々の平穏を守り続けることができる。

そういう何かを騎士として残さなければならない。

「そもそも、栄誉の称号は騎士のために用意されたものではないわ。他の職業、宮廷で働く者たちのために用意されたものなの。騎士もそのうちの一つだから対象ではあるけど、今のところ栄誉騎士になれた者は、最初に騎士団を今の形に作り上げた人だけよ」

「同等の何かを残せというのは、俺でなくても厳しいな」

「騎士団の設立ですか……」

確かに明確な功績だ。騎士団の存在は、後の人々の安全に繋がる。

それと同じように何かを作ればいい。別に同じ規模である必要はないはずだ。例えば……そう。

「養成所を作るというのはいかがでしょうか」

「養成所?」

「騎士の、ということ?」

「はい。間違っていたら申し訳ありませんが、現在の王国にはなかったはずです」

騎士団は年に一度、入団試験が行われる。

貴族、一般人に限らず、この試験に合格することで騎士団への入団が許可される。

毎年多くの志願者が集まり、ふるいにかけられるが、騎士団の試験は厳しく、貴族であっても実力がなければ不合格となる。

「確かになかったわね。そういうのは」

「需要はあると思います。入団試験前に、必要な知識や技術を身に付けることで、試験突破はもちろん、入団後に即戦力として働けるのであれば」

「それなら新人の教育負担も軽減できるな。うん、特に一般の志願者は、貴族と違って知識面が乏しいことがある。貴族は生まれながらに英才教育を受けるが、一般人はそうはいかない。その差は入団後に顕著に表れる」

「いい案じゃない？　一般人から騎士の志望者を集めたり、試験に不合格となってしまった人を育成する機関があれば、騎士団の質も上がる。それに、引退後の働く場所としても有用ね」

姫様が納得しながら頷く。騎士は本来、戦えなくなれば引退する以外の選択肢はない。負傷者は戦場での足手まといだと、彼ら自身がよく理解している。

だが、これまで国に貢献してきた方々に対して、無慈悲に引退を迫るのは失礼だろう。騎士として引退後も貢献したいと思う方がいるなら、養成所で働くという選択肢が増える。

王女様が尋ねる。

「でも最初の講師は誰がするの？　引退した騎士たちに頼むにしても、いきなりは無理よ」

「そうですね。最初が肝心ですので、一番は……」

私はアスノトに視線を向ける。

養成所の存在をアピールし、有用な取り組みであることを人々に知って貰うためには、知名度のある人物が講師に立つほうがいい。ただ、彼は首を横に振る。

「俺は無理だ。騎士団の仕事もあるが、そもそも他人に教えるのは苦手なんだ」

「そうよね。一人の騎士としては完璧だけど、教育っていう面では不向きだわ。私も彼にやってもらうのはオススメしないわね」

「そうですか……」

なんとなく予想はしていた。彼は座学より、実技に覚えあるタイプの人間に思える。そういう人間は、自分の体験を言語化できない。

「ですが、アスノト様が設立した施設である、という事実は必要です。そうでなければ、アスノト様が栄誉騎士に選ばれません」

「その通りだな」

「はい。ですから、アスノト様が設立し、実際の運営はアスノト様の代理が務める、ということであればいかがでしょう？　その人物は騎士ではありません」

「騎士ではない？　……まさか、君がするつもりかい？」

アスノトが私の意図に気づき、驚き目を見開く。

そう、私が指導者になればいいと考えた。

「私はアスノト様の侍女です。私の行動はすべてアスノト様の管理下にあります。ですから、私が行ったことへの成果も、アスノト様のものです」

「いいわね。従者にそう命令し、彼が指導したというのであれば通るはずよ」

「いや待ってくれ。君は魔法使いだろう？　剣技は使えるのか？」

「そうですね。失礼ながら、アスノト様の剣をお借りできませんか？」

「ああ、構わないが怪我はするなよ」

私はアスノトの剣を受け取る。

見た目通りの重さ、長さ、少しの懐かしさを感じる。

私は剣を振るう。踊るように、舞うように。その光景をアスノトと王女様は見つめる。

「驚いたな」

「綺麗な剣技ね。私にもわかるわ」

「イレイナは剣も使えたんだな。それに独特な剣捌《さば》きだ」

「どこで習ったのかしら？」

「独学です。昔の書物にあった剣技を真似《まね》ました」

本当は、前世で指導を受けていたから使えるだけだ。

千年も前の話だから、同じ剣技を使う人間は残っていなかった。

あの時代を生き抜くために必要なのは力だった。

魔法だけじゃ足りない。剣技も、知識も身に付けて、ようやく女王としての威厳が生まれる。そういう時代を生きてきた。

これもその副産物だ。

アスノトは私の素性を知っているから、あえて尋ねてくることはなかった。なのでこれで、不安材料はなくなったはずだ。

「剣技だけではありません。私はルストロール家にいる間、様々な知識を身に付けました。いずれは一人で生きていくために」

地理、歴史、薬学、医学、天文学、その他の学問。可能な限り、現代の知識を身に付ける過程で学習している。

騎士団の入団試験は実技だけではない。そういった知識面もテストされるから、一般人は特に厳しい。

養成所の一番の目的は、騎士として必要な知識面を補うことだと考えている。

それらの要素も補える。講師としては、自分が適任だと主張する。

「私にやらせていただけませんか？」

「……いいのか？　君の仕事を増やすことになる。それに君は目立ちたがらないだろう？」

「問題ありません。仕事量はまだ余裕があります。裏方の仕事ですので、私自身が注目されることはありません。設立したのはアスノト様であれば特に」

元々有名人の騎士王様が、未来の騎士たちのために養成所を作った。

その話題で注目されるのは中の講師ではなく、設立者のアスノトだ。

そうなってもらわないと困る。志願者がいなければ、養成所も意味はないから。

アスノトの名前を使って、志願者を集めよう。

「わかった。そういうことなら君に任せる。俺もできる限りは協力しよう。実技なら、役に立てるぞ」

「はい。その点はご相談させていただきます」

「じゃあ面倒な手続きは私がやっておくわ。弟を助けてくれたお礼よ」

「ありがとうございます」

これも私が将来、平穏に過ごすために必要なこと。

彼には栄誉騎士になってもらう。そのために必要なことは、侍女である私が用意しよう。主を支えることも、侍女の役目だ。
それから一週間後――

私は、未来の騎士志願者の前に立っていた。

騎士団隊舎内の使われていなかった倉庫を改築し、小さいながらも用意された養成所。同時に集まった募集志願者。最初に集められたのは四十人。

多すぎても対処できないから、ここが限度だと判断した。

講習期間は三か月に指定した。

いずれ講師が増えれば、この期間も短縮され、より多くの志望者を指導できるだろう。それにしても、アスノトの名前を出して募集したら、わずか三日で定員に達したのには驚かされた。

さすがの人気だ。そんな人物が、私なんかに執着しているというのは……少しの優越感を抱かずにはいられない。

「皆様初めまして。私が、皆様の指導を担当いたします。アスノト様の侍女、イレイナと申します。以後、お見知りおきを」

受講者の前で挨拶をする。彼らは皆、募集要項を見て参加してくれている。

前回の試験に落ちてしまったが、次の試験をもう一度受ける意思がある者。

騎士になりたいが、試験に自信がない者。アスノトの名前を見て、興味本位で参加している者もいるだろう。

講師はアスノトの代理が務めることは、募集要項にも書いてある。

周知のはずだが……。

「え？　アスノト様じゃないのか？」

「騎士王様に指導してもらえると思ったのに……」

案の定、そんな不満の声が聞こえてくる。

予想通りの反応だ。

「授業を始める前に、少しだけ運動をしましょう。皆様、外へ移動してください」

ではこちらも予定通り対応しよう。

まずは認めさせる。私が、この場に立つにふさわしい人間であることを。

場所を移動して、私は木剣を二本用意する。一本は私が使うために、もう一本は、これから相手をする人が使う。

「今から模擬戦をします。誰でも構いませんので、一人、相手をしてくださいませんか？」

「え、女性と戦うのか？　さすがにそれは……」

と、声を漏らした男性がいたので、私は彼を指名することに決めた。

「そこの君、どうですか？」

「俺ですか？　一応これでも、実家で剣の訓練はしているんですよ？」

「ならちょうどいいですね」

私は挑発するようにニコリと笑みをこぼす。すると男性はちょっぴりムスッとして、
私から木剣を受け取った。

「怪我しても知らないですからね？」

「ええ、お互いに」

こうして模擬戦を開始し、決着はついた。

時間にして三秒ほどの攻防だっただろうか。いいや、戦いにすらなっていなかった。

飛び出した彼の剣を軽くいなし、がら空きになった頭にポカンと一発。

「う、嘘だろ？」

「次、誰かやりませんか？」

「お、俺がやる！」

次へ次へと挑戦者が現れて、最終的には全員と戦って勝利した。

「なんだよ、侍女じゃなかったのか？」

「強すぎるだろ……」

「私は侍女です。騎士ではありません。ですが剣術なら、皆様よりも心得があります」

伝えたかったのは私の強さ、彼らの指導ができるだけの実力があるということ。そしてもう一つ、これが一番大切だ。

「ですが、剣術は手段にすぎません。私が教えられるのは、騎士として必要な素養の一つに過ぎない。皆様が本物の騎士になれるかどうかは、皆様の想い次第です」

強さだけでは騎士を名乗れない。大切なのは守るという意思、優しさこそが、本物の騎士に必要な素養。

私はアスノトを見て、そうだと思うようになった。昔の私なら、強さこそが一番だと思っていただろう。

「これから皆様に、私が騎士の在り方をお伝えします。私はアスノト様の侍女ですので、誰よりも本物の騎士を知っています。どうぞ期待してください」

◇◇◇

一週間が経過した。

私は教壇に立ち、授業を進める。

「騎士になれば、世界各地に遠征で向かうことになります。ですから、王国内以外の地形、その情報を把握することは不可欠です」

受講者たちは真剣に私の話を聞き、メモを取っていた。

誰一人文句を言わない。皆、講義に集中している。その様子を、アスノトがこっそり外から眺めていたことに、私は気づいていた。

「先生！　この間教えて頂いた地学について質問があります！」

「はい。どこですか？」

講義が終わると私の周りには講義を受けている生徒たちが集まってくる。聞きたいことをメモにまとめて、ちゃんと並んで順番に待つ。

以前に指導した通り、しっかり秩序も守られていた。

「先生！　もしよろしければ、また剣術の指南をしていただけないでしょうか？」

「構いませんよ。あまり時間がとれませんが」

「少しでも大丈夫です！　先生の指導はわかりやすくて、自分でも驚くほど剣が手に馴染むんです」

「それはよかったです」

「あ、ずるいぞお前！　先生！　俺も一手、御指南をお願いします！」

「順番にお伺いします。焦らなくとも大丈夫です」

他人に教えるというのは中々大変な仕事だ。ただ、それなりに達成感はあるし、やりがいも感じている。

お昼休みになると、休憩室にアスノトがやってきた。

「お疲れ様。順調みたいだな」

「はい。見学されているなら、声をかけてくだされればよかったのに。皆さん喜ぶと思います」

「集中していたからな。雰囲気を壊したくなかったんだよ。それにしても、思った以上に上手くいっているじゃないか。不満の一つも聞こえてこないなんて」

「……手順は踏みましたので」

初日、私はあいさつ代わりに剣技を披露した。一見か弱そうに見える侍女が、実は剣術に秀でていた。

　加えてアスノトの侍女でもあり、彼の指導を受けている……ということにしてある。

　憧れる人間の思考は単純だ。

　アスノトの姿がうっすらとでも感じられ、実力者だということを示せば、ここでの講義に意味を見出《みいだ》してくれる。

　女王として君臨した時代、人の心を動かす術《すべ》も学んだ。

　その成果が出ている。もっとも、身近な人たちの気持ちすら、私は気づくことができなかったけど……。

「アスノト様、午後は予定があったのではありませんか？　ここにいては遅れてしまいます」

「それはキャンセルになったんだよ」

「そうなのですね。では、もしよければ午後の実技に講師として立っていただけませんか？」

「実技なら任せてくれ」

「ありがとうございます」

　午後、約束通りアスノトは生徒たちの前で剣を振るった。生徒を相手にした模擬戦。

当然圧倒するのだけど、ちゃんと手心を加えて、生徒たちが成長できるように誘導している。

「剣を持つと際立つわね」

騎士であることが。やっぱり彼は、剣を握っているときが一番凜々しくて、様になっている。

生徒たちは皆、彼の剣技に見入っていた。

「すごい……なんて綺麗な剣なんだ」

生徒の一人が、彼の剣を見ながらそう呟いたのが聞こえた。その気持ちはすごく共感できる。

彼の剣は流麗で、まるでダンスをしているかのように軽やかで、それでいて勇ましく、力強さも感じる。

これほどの剣技は、過去も含めて記憶にない。間違いなく、私が知る中でも最高の剣術を、彼は身に付けている。

生まれ持つ才能だけじゃない。日々の鍛錬を積み重ねて、ここまで洗練された剣技を身に付けたことを、私は素直に尊敬する。

時折、こうしてアスノトにも生徒たちの前に立ってもらう。

憧れの存在を見せることで、後の授業での集中力も増すというものだ。

使えるものは有効に使う。この試みが成功すれば、アスノトが栄誉騎士の称号を受ける可能性も上がる。

そうなれば、グレーセル家の権威やアスノトの地位を保ったまま、円満に引退することだって可能になる。

もうすぐ、具体的に見えてきた。私が求める理想の平穏。

その光景が――

「……」

「どうかしたか？　イレイナ」

「……いえ、なんでもありません」

「そうか？　無理はするなよ。最近仕事量も増えているだろう？　しっかり休息も取るように」

「はい」

ふと、気づいてしまった。私が求める理想の光景を思い描いて。穏やかな日常の中に、私以外に、共に笑っている人がいることに。

私は目を逸らす。

そうして一日、十日、一か月と経過する。予想以上に忙しい日々を送っていた。

屋敷では侍女として、時にアスノトの事務仕事を手伝い。

それ以外の時間は講師として、養成所の教壇に立ち、未来の騎士たちを指導する。

休日も、養成所で教えた内容を復習したり、必要なものを用意する時間に当ててい
た。ある日の朝食後に、アスノトが心配そうに私に尋ねる。

「イレイナ、ちゃんと眠れているか？」

「はい。問題ありません」

少し睡眠時間は減っているが問題ない。

元々眠りは浅く、前世ではまったく眠れない日も多かった。あの頃に比べたら全然
マシだ。ただ少し、疲れてはいる。

「無理はするな。倒れてからでは遅い。必要なら休暇を与えよう」

「いえ、大丈夫です。お気遣い感謝いたします」

「……そうか。本当に無理はするなよ？」

「はい。アスノト様も、そろそろ出発しなければ間に合わなくなります」

「ああ、わかっている」

今日は昼間に、貴族たちが集まるパーティーがあり、アスノトはそれに参加する。

私も養成所はお休みの日だから、一日屋敷で仕事をする。こういう日にまとめて屋敷での仕事は終わらせるつもりだった。

大丈夫。これくらいの疲れなんて、前世なら気にならなかった。

前世なら……。

「あれ？」

身体がふらつく。私は見誤っていた。

前世と今世、魂は同じでも、育った環境も、身体も違うのだと。気づいていなかっただけで、私の身体はとっくに限界を迎えていて……。

意識を失い、倒れてしまった。

◇◇◇

温かい。私はゆっくりと目を覚ます。

そこは自室の天井。私は寝室のベッドで横になっていた。

「ここは……」

「気が付いたか？」

「アスノト様？　どうして……？」

「君が倒れたから見守っていたんだよ。覚えていないか？」

朧《おぼろ》げに思い出す。仕事を始めようとしてふらついて、そのまま意識を失ったこと。

「アスノト様はパーティーに出席されるご予定ではなかったのですか？」

「心配になってな。最後に様子を見にきたら君が倒れた。そんな君を置いてパーティーになんて行けるわけないだろう」

「──申し訳ありません。私のミスでアスノト様にご迷惑を」

「まったくだよ」

不甲斐ない。この程度の疲労で倒れるなんて。普段から偉そうなことを言っているのに、これじゃ笑われてしまう。

アスノトも今回は呆れて……。

「倒れてからじゃ遅いと言っただろう？　君の身体も、命も一つしかないんだ。まずは自分を大事にしてもらわないと困るぞ」

「……アスノト様？　怒っておられないのですか？」

「怒ってるよ。君が倒れるまで働かせてしまった自分にね」

「それは、違います」

「違わないさ。君が言うには俺は主人、君は俺の侍女なんだろう？　君の成果が俺のものになるなら、失態やミスも俺の責任だ。君は悪くない」

アスノトは微笑む。作り物でも、虚勢を張っているわけでもなく、優しい笑顔を見せる。

本当に怒っていない。失敗した私に対して、微塵《みじん》も責める気のない表情だった。

「むしろ君はよく頑張っている。頑張り過ぎている。優秀さゆえなのか、なんでも一人でやろうとするのは悪い癖だぞ？」

「……申し訳ありません」

「謝らなくていい。俺も悪いんだ。俺にも他人に教えられる器量があればよかった。君一人に負担をかけてしまっているのはわかっている」

「アスノト様……」

ミスをすれば責められる。

失策は女王の責任。そうやって、全ての責を自身で受け止めることしか知らなかった私にとって、許しを受けることは未知の体験だった。

責めるどころか失敗した私を褒めてくれる。

優しく、語り掛けるように。彼は私の頭を優しく撫《な》でてくれた。

「今日はゆっくり休め。明日のことは一緒に考えよう」

「……」

「ん？　嫌だったか？」

「いえ……ただ……」

頭を撫でられるなんて初めてのことだった。自分には縁遠いことだと思っていた。

そうか。こんなにも温かくて、落ち着くのか。

この日、私はぐっすり眠った。

不安や恐怖を感じずに。心の底から安心して眠ることができたのも、生まれて初めての経験だった。

「おやすみ、イレイナ」

「――」

誰かに見守られている。寝ている時が一番危険で、もっとも警戒しなければならないのに。私は無防備に……。


いつからだろう？

彼の傍にいることが、なにより心が落ち着くようになったのは。

第七章

輝かしい光景の裏には、必ず影が生まれてしまう。意図せずとも、当事者たちが知らぬ間に。

「騎士団の手がこちらにも伸びてきているようだ」

「ああ、我々のこともいずれは……」

彼らは王国に潜む反王族組織。

王族という存在を否定し、平等な国を作り上げようと目論《もくろ》む者たち。

ひとえに、彼らは革命家である。

だが、そのためなら必要な犠牲は厭《いと》わず、平等という言葉に酔いしれ、正誤の判断も曖昧。加えて全員が同じ思想というわけでもなかった。

自身が新たなトップに立ちたいという野心家もいる。

王族が邪魔なだけで、真の平等など望んでいない。

そういう人間ほど、すでにある程度の地位と権力を獲得している。

彼らは欲深い。今、手に入れている財だけでは物足りない。故に、更なる財を、幸福を求める。

「手が広がる前に、こちらから行動をすべきかもしれんな」

「ああ、仕方あるまい。使える手は使おう。たとえそれが……誰であろうとも」

手段は選ばず、目的だけを見据える。

かつてクーデターを起こした者たちと同じように。そう、彼らは気づいていないのだ。自らの理想に掲げた女王の最期を、今、自分たちが再現しようとしていることに。

◇◇◇

養成所の前に、四十人の生徒たちが整列している。彼らの視線の先には私が立っていた。私は彼らに告げる。

「これにて全課程を終了いたします。皆様、今日までお疲れ様でした」

「「ありがとうございました！」」

「次の試験、ここにいる皆様が無事に合格し、素晴らしい騎士になることを祈っております。どうか頑張ってください」

「「はい！」」

養成所設立から三か月。初めての生徒たち、そして今日、初めて卒業生たちが誕生した。

三か月という時間はあっという間だ。

教えられることは全て教えたつもりだし、彼らも集中して最後まで受けてくれていた。あとは彼らの努力次第。次回の試験までちょうど二か月ほどある。

残りの時間を有意義に過ごし、見事合格してくれたら、次の生徒募集も捗《はかど》るだろう。ぜひとも頑張ってほしい。生徒だけでなく、引退した騎士たちを講師にスカウトしなければならないから。

そのための交渉材料を増やしておきたいところだ。

それぞれに帰宅する生徒たちを見送り、私は一人になる。さっきまで四十人が共に過ごしていた部屋に、今は一人だけだ。少しだけ寂しさを感じていると。

「もう終わったのか。早かったな」

「アスノト様、いらしていたんですね」

「最後に顔を見せようと思ったんだが、間に合わなかったか」

「そのようですね」

走ってきてくれたのだろう。

少しだけ呼吸が乱れていることに気づく。

彼が来てくれると知っていたら、もう少し待ってもよかったと反省する。

「試験後に合否を私に教えてくれるそうです。その時には、ぜひご一緒に」

「そうだな。新人の顔を誰よりも先に見ておこう」

「はい。皆さん喜ばれると思います」

「だといいな。イレイナ、本当にお疲れ様」

アスノトは優しく微笑み、肩をポンと軽く叩いた。労《ねぎら》いの言葉なら、ほぼ毎日受け取っている。十分すぎるほどに。

「ありがとうございます」

「……」

「この後はどうするんだ？」

「いえ、まだ仕事が残っていますので、夕方ごろまではこちらにおります」

「……」

彼はじっと私の顔を見つめてくる。

「アスノト様？」

「まったく、君は真面目だな」

「え？ あ――」

彼は少し強引に、けれど優しく私をお姫様のように抱きかかえる。突然のことで驚く私に優しく微笑みかけて、部屋の端にあるソファーに移動した。

アスノトは抱きかかえた私を、ゆっくりとソファーで横になるように降ろす。

「自分じゃ気づいていないのだろうな。顔に疲れが見えていたぞ」

「――！ 申し訳ありません」

彼の目には、私が疲れているように見えていたらしい。そう言われると、確かに身体が重く感じ始めた。

「無理をしないようにな。倒れてからじゃ遅いぞ？」

「……はい」

ソファーで横になる私の頭を、彼は優しく撫でながらそう言った。彼は愛おしそうに私のことを見ている。

その視線が、声が、触れている手から……彼の想いが伝わってくるようだ。

「またご心配をおかけしてしまい、申し訳ありません」

「いいさ。君が大切だから、いつだって心配はするよ。君がそれに気づいて、応えようとしてくれたなら、俺も幸せだ」

「……はい」

一度、無理に気づけず倒れてしまった経験を、私は教訓として受け取っている。私が無理をすれば彼が心配し、迷惑をかけてしまう。

そうならぬよう、自己管理も仕事のうちだ、と、わかっていたはずなのに、いつの間にか疲れを忘れて仕事に集中していた。

長年の癖は中々直らない。これからも私は、自分が気づかぬまま無理をしてしまう機会がくるだろう。

そんな時、彼が見ていてくれる。こうして、頑張り過ぎなくてもいいのだと教えてくれる。

彼の優しさに包まれて、心から安心する。このまま深く眠ってしまいたいと思うような……温《ぬく》もりを感じている。

「さて、もう少しこうしていたいが、俺もやることがあるのでな」

私の頭から、彼の手が離れていく。その手を見ながら私は、名残惜しさを感じていた。私は今、彼と同じことを思ったらしい。

もう少し、こうしていたかったと。

「お忙しい中、私のためにお時間を作ってくださり感謝いたします」

「当然だろう？　俺が一番君の顔を見ていたい。こうして話している時間が、俺にとっての宝なんだ」

「……ありがとうございます」

時間にして数分から十数分の会話を、彼は宝だと言ってくれる。私と話すことを心から望み、喜んでいる。

私はどう思っているのだろう。自分の心に触れるように、胸に手を当てる。

そんな私に優しく微笑み、彼は言う。

「君はもう少し休んでから仕事を再開するといい。適度に休憩を挟みつつだぞ」

「はい。かしこまりました」

アスノトが手を振って立ち去ろうとして、何かを思い出したように立ち止まり、振り返る。

「そうだ。一応注意しておいてくれ。今、王国内にいる反王族組織の割り出しをしているんだが、それが終わり次第一斉捜査を始める」

「それで忙しくされているのですね」

「ああ。時間をかけすぎると勘づかれる。もっとも、王城内にいることを考えると、すでに気づかれている可能性も高い。イレイナ、君も警戒されているはずだ」

「かしこまりました。警戒を強めておきます」

私は彼からの忠告を受け取り、お辞儀をする。

それを聞いたアスノトは、何度も気を付けるようにと念を押して立ち去って行った。

相変わらず心配性だ。一度倒れてしまっているから、大丈夫だと軽口は叩けない。

反王族組織の件も含めて気を付けておこう。アスノトはともかく、私も彼らに顔が知られているから。

「昔みたいなことにはならないといいけど……」

クーデターが起これば、多くの人々が犠牲になる。

きっと王城内の問題に留まらない。そうなる前に、アスノトたちが決着をつけてくれることを祈ろう。

場合によっては私も……。

「いいえ、違うわね」

ここで出しゃばっても逆効果だ。変に目立てば、私の理想への道のりがより険しくなる。せっかく今は順調に進めているのだし、アスノトに任せておこう。

彼が戦闘で後れをとることはない。そういう意味では安心だ。

「さて、私は自分の仕事をしましょうか」

ここでの仕事はしばらくお休みだ。その前に清掃や、後片付けをしておきたかった。

次に講師として立つのは、騎士団の入団試験が終わって一か月後あたりか。

もしかすると、その頃には新しい講師が決まっているかもしれない。だとすれば、これが最後なのかも。

念入りに手入れをしておこう。

次にここで学び、教える人たちが気持ちよく過ごせるように。

◇◇◇

「──っと、これで最後ね」

片付けを終える。窓からオレンジ色の光が差し込んでいることに、今さら気づく。

「すっかり夕方……予定よりかかってしまったわね」

今から屋敷に戻る頃には、夕日も沈んでいるだろう。

アスノトは仕事中だろうか。

先に戻って、夕食やお風呂の準備、侍女としての仕事も済ませておこう。と思っていたところで、誰かが養成所の扉を開けた。

生徒たちの誰かだろうか？

忘れ物は一つも見つからなかったから違うはず。アスノトが迎えにきてくれた？

彼の場合は体質的に、気配も感じないから別人……。

なんとなく、嫌な予感がした。

こういう時の予感は、必ずといっていいほど当たる。

「――噂は本当だったのね」

今回もそうだ。彼女は乱暴に扉を開けて、講義室に入ってくる。

本来ならここへ入るべき人ではない。そして何より、もう会うことはないと思っていたのに……。

「ここに何の御用でしょう？　お姉様」

「あら？　妹がちゃんと働いているか見に来たのよ。姉として」

養成所にやってきたのはお姉様だった。

少し痩せただろうか。見慣れた私を見下す表情にも、なんとなく力がないように思える。

目の下にもうっすら隈《くま》ができているような……。

「あなたが誰かを指導するなんて、随分と偉くなったわね」

「……」

「しかも騎士の真似事までして。アスノト様に上手く取り入って美味しい思いをしているじゃない。そんなにずるい子だとは思わなかったわ」

「……それを言いに来たのですか？」

無視するつもりだったけど、部屋の出入り口の前に立って私が出て行くのを邪魔している。これでは無視できない。

「言ったでしょう？　様子を見に来たのよ。愚かで卑怯《ひきょう》な妹が、必死に頑張って教えているのに、誰も真剣に聞いていなかったら可哀想《かわいそう》でしょう？」

「……そのようなことはございません。皆さん、真剣に聞いてくださいました。アスノト様も、よくやってくれていると評価してくださっております」

「――っ、調子に乗らないでくれる？　あなたが今こうしていられるのも、全部アスノト様の恩恵でしょう？」

「そうですね。それで構いません。申し訳ありませんが、私は屋敷に戻ります。アスノト様の侍女ですので」

私は動じず前に出ようとする。

舌打ちが聞こえた。お姉様は一向に退く気がなく、私を睨みつける。

「いつまで余裕でいるのよ。偉そうに、何もできない愚妹のくせに」

血が流れるほど唇をかみしめる。歯ぎしりの音がハッキリ聞こえていた。

怒りが満ちている。けど、様子がおかしい。

「お姉様？」

「そうよ？　私はあなたの姉なの。あなたよりもずっと優秀で、美しくて、選ばれ続けている姉なの。あなたとは違う。生まれも、才能も、未来も！　あなたは私の下にいるのよ」

「……」

感情だけではなく、魔力まで乱れ始めている。

明らかに不自然だ。この乱れ方、言動、視線が泳ぎ……これではまるで、誰かに洗脳されているような。

「あなたは私の引き立て役なのよ！　そうできないなら死になさい！　私の邪魔をしないで！」

「――！」

恐ろしい形相で、お姉様は私に襲い掛かる。

自己加速の魔法を発動させ、右手にはナイフを握っている。

殺意と怒りが私に突き刺さる。

お姉様は本気だ。でも、この程度の速度なら対処できる。

距離が近い。お姉様を傷つけることになるけど、そんなこと気にして——

涙と怒りに満ちて襲い掛かる表情。それはいつの日か、鏡に映った女王の自分と重なった。一瞬の迷い。

しまった。

ナイフが私の胸に届く。

寸前で視界が回った。誰かに押し倒された。

誰か？

見なくてもわかった。私がピンチの時、駆け付けてくれる誰かがいるとすれば——

「まったく、姉妹喧嘩《げんか》にしてはやりすぎだよ」

「あなたは……」

「アスノト様！」

彼しかいない。そう思ってしまった。

私は彼に抱き寄せられる。ナイフは私ではなくアスノトの頰をかすり、一筋の血が流れていた。

「無事だな？」

「アスノト様、どうしてこちらに？」

「……調査結果が出たんだ。反王族勢力に加担しているのは、一般人だけではなかった。貴族の中に、彼らを支援し手引きした者たちがいた」

それは予想通りのことだろう。

アスノトだって気づいていたはずだ。しかし彼は思った以上に真剣に、険しい表情で続ける。

「その家柄の中に……聞き慣れた名があった」

「……！　まさか……」

「そうだ」

私たちはほぼ同時に、彼女に視線を向けた。

呼吸を荒げ、怒りに満ちた表情でナイフを握る私の──

「お姉様？」

「そう。ルストロール家も含まれている」

私は驚き唖然《あぜん》とする。

予想外だ。私が生まれ、この年まで育った家が、まさか王族に反旗を翻していたなんて。

まったく気が付かなかった。そんな素振りは一切見せていなかった。

一体いつから？

私が気づかぬうちに反王族勢力と接触していた？

それとも……最初から？

「調査結果が出てすぐに走ったよ。もしも予想通りなら君が危ないと思ったからね」

「……私が、そうだとは思わなかったのですか？」

「思うわけないだろ？　君は暗殺者に襲われ、王子も救った。その事実だけでも彼らとの繋がりを否定する。それに……信じているからな、君のことを」

「――アスノト様」

綺麗な瞳で私を見つめる。

この目は本当に、私のことを心から信じている目だ。

清々しいほどに、一切の疑いを持たない。だからこそ、彼は急いで駆け付けてくれた。私の窮地に、颯爽《さっそう》と。

まるで物語に登場する英雄のように。

「運がよかったわね、イレイナ。アスノト様が助けてくれるなんて」

「……お姉様」

「アスノト様も物好きな人ですね。そんな出来損ないで嘘つきな女を助けるなんて。侍女より奴隷にしたほうがよっぽどお似合いですわ」

「……イレイナ、彼女はもしかして……」

「はい」

アスノトも気づいたようだ。お姉様は焦点が合っていない。

私たちに向けて話しているのに、こちらを見ていない。常に見せている笑顔も、どこかおぞましい気配に満ちている。

違和感はあった。今、それが確信へと変わる。

「洗脳を受けています。おそらく魔法による……しかも、本人が気づかないように」

「やはりか。ということは彼女は無関係ということか」

「――それでも」

「せっかくだわ！　アスノト様の前であなたを殺してあげる。そうすればわかってもらえるはずよ。私のほうが優れている。美しさも、実力も、才能も！　そうよ！　私は、私は！」

お姉様は再びナイフを振り回し、私に襲い掛かってくる。

アスノトが止めようと動く。それを引き留め、私が前に出る。

「イレイナ？」

「これは私がすべきことです」

「死んでくれる？　私のために！」

「――眠りなさい」

お姉様の動きがピタリと止まる。まるで時間が静止したように、瞳が閉じ、ふらつきながら倒れ込む。

「洗脳されたことも含めて、自分の弱さです。お姉様、あなたは他人に刃を向けた。その罪はこれから、ゆっくり時間をかけて償ってください」

眠る彼女に向けて言い放つ。

聞こえてはいない。洗脳もついでに解除したから、目覚めたら何も覚えていないかもしれない。

それでも、彼女の言動や行動には、彼女自身の意思を感じた。

単純な洗脳ではなく、彼女の中にある私に対する悪感情を利用されたのだろう。だから、彼女にも落ち度はある。

ただ、少し同情する。

人を育てるのは環境だと思っているから。

「お互いに、運がなかったわね。お姉様」

生まれる場所が違えば、もっと違った関係になれていたかもしれない。

それでも後悔はない。

「イレイナ」

「どうして、剣を抜かなかったのですか？　抜けばもっと簡単に制圧できていたのに」

「あのタイミングで剣を抜けば、どちらかを傷つけていた」

「甘いお方ですね」

「君だって躊躇していたじゃないか。彼女を傷つけることに」

「……」

私は目を逸らす。言われている。私も……つくづく甘くなった。昔の私ならきっと躊躇《ためら》わなかったのに。

「誰かの甘さが移ったわね」

「何か言ったか？」

「なんでもありません。助けてくださってありがとうございます」

「気にするな。君を守るのは当然のことだ」

彼はさわやかな笑顔を見せる。

その笑顔に安心する。

「さて、急いできてしまったからな。すぐに騎士団隊舎に戻らないといけない。これから本格的に潜入捜査を開始する。俺も指揮を……っ」

「アスノト様⁉」

彼がふらつき、片膝をつく。

私はすぐに駆け寄る。身体に触れた途端に気づいた。

「この高熱は……」

触れただけでわかるほど発熱している。

額からはよくない汗を流していた。顔色も優れない。頰の傷に視線が行く。

「まさか――」

私はお姉様が持っていたナイフを探し、その刃をよく観察した。

間違いない、毒だ。刃に毒が塗布されている。しかもただの毒じゃない。

魔法によって呪いの効果を付与された強力な毒。

「どうして毒が？　アスノト様の身体は魔法を……！」

そうか。特異体質の人間は、外からの魔法を全て拒絶する。しかし、内部は別だ。

身体の内部に直接、魔法の力を流し込めば、特異体質の人間にも魔法は効く。

ナイフに付与された毒は、本物の毒と呪いの混合物。毒として切り傷から体内に侵入し、内部で呪いが拡散してしまった。

どうする？

普通の毒じゃない以上、解毒薬では意味がない。かといって魔法による解呪は、彼の体質が影響して届かない。

これでは何も……。

「大丈夫、少しふらついただけだよ」

「動いてはいけません。毒の回りが早くなります」

「それも含めて平気だ。俺の身体は丈夫《じょうぶ》でね？　毒にも慣らされているから、このくらいの毒なら……時間をかければ解毒できる」

「本当なのですか？」

「ああ、感覚でわかるんだ。一日……いや、二日あれば」

嘘を言っている感じはしない。

確かに、刃が身体に触れた時に、呪いの効果の一部は拒絶されている。いかに切り傷を利用しようと、本来ほどの効果は発揮されない。

彼の言う通り、死ぬことはない……のかもしれない。だから大丈夫？

「はぁ……情けないな。この程度でへばっているようじゃ皆に笑われてしまう」

「どこが情けないのですか？」

「イレイナ？」

「私を守って、お姉様すら傷つけずに守ろうとして、そんな人を思いやる優しい人が情けないなんて誰も思いません」

違う。死なないから大丈夫だなんて、私は思わない。

どうせ治るから？

その間、彼はずっと苦しみ続けることになる。

私はよく知っている。死に向かっていく苦しさも、寂しさも。

「私が解毒します」

「無理だ。これはただの毒じゃない。魔法が関わっている。解毒するには薬ではできない。だが俺の身体に魔法は――」

「ご心配には及びません。方法はすでにあります」

私は彼の頰に触れる。

片膝をついてくれているから、いい感じに視線が合う。

「何を……」

「私も初めてなので、できれば目を瞑っていてほしいです」

「イレイナ？」

「あなたに、何かあっては困りますから」

言い訳のような言葉を吐いた口で、彼の唇を奪う。

屈強な男性でも、唇は柔らかい。温かくて、優しい。

特異体質に魔法は通じない。ただし、内部に直接流し込むことで、その効果を発揮させることはできる。

ナイフに付与された呪いが通じたように。同じように、治癒と解呪の魔法を口から内部へ流し込んだ。

唇が離れる。

時間にして数秒、とても短いキスだった。

「身体が……」

「これで、毒と呪いは解消されたはずです」

「イレイナ」

「申し訳ありません。侍女として主を守るためとはいえ、出過ぎた真似をしてしまいました」

私は逃げるように一歩下がろうとした。そんな私の手を握り、近くに引き寄せて彼は言う。

「初めて、だったのか？」

「……はい」

「それは前世も含めて？」

「……はい。残念ながら、そういう相手には恵まれませんでしたので」

「俺もだ。誰かと唇を合わせるなんて……ずっと先のことだと思っていたよ」

「私もです」

永遠にそんな日は来ないと思っていた。

誰かと心を、身体を通じ合わせる。触れる面積はごく僅かなのに、まるで全身を抱きしめられたように温かくて、今もまだ、感触は残っている。

こんなにも……胸が苦しくなるのか。

口移しで毒が移ったかな？　なんて、恥ずかしさを誤魔化すように考える。

「ありがとう。俺を助けてくれて」

「侍女として、当然のことをしたまでです」

「……侍女として、か。本当に……それだけか？」

「……」

アスノトが私を見つめる。

真剣に、まっすぐに、彼の瞳は私の心の奥底に眠る気持ちを引っ張り出そうとしていた。私は堪える。

恥ずかしさと、この気持ちを。

「急いで戻られなくてよろしいのですか？」

「……そうだな。この話はまた今度、全てが終わってからにしよう」

「はい。私も協力させていただきます」

「ああ」

今はまだ、恥ずかしくて素直に言葉にできない。

もう少し時間がほしかった。自分の気持ちの整理をする時間が。それに、私の気持ちを整えるより先に、解決すべき問題はある。

お姉様を洗脳し、私を殺そうと仕向けたのは——

◇◇◇

「あなたですね？　お父様」

「――イレイナ」

私は一人、懐かしき屋敷へと戻ってきていた。

今宵も満月。本当に、仕組まれたように丸い月が輝いている。

私はお父様の執務室で、彼と向き合う。

「久しぶりじゃないか。元気にしていたか？」

「……はい。この通り無事です。お父様が用意した毒は、私には届きませんでした」

「毒？　一体何の話をしているのかな？」

「惚けなくても結構です。お父様もすでに気づいていらっしゃるのでしょう？　アスノト様率いる騎士団は、すでに行動を開始しております」

反王族勢力と関係があった貴族の屋敷に、本日一斉に騎士団が捜査に入る。

今頃、アスノトが指揮を執っているはずだ。

このルストロール家も対象の一つだけれど、ここに彼らは来ない。アスノトは私の我がままを聞いてくれた。

この屋敷で私は生まれ育ち、今がある。形はどうあれ、経緯はどうあれ、気づかなかった私にも責任はある。だから――

「お父様、あなたを拘束させていただきます」

「私を？　なぜだ？」

「もういいでしょう。お父様が彼らに通じていることはわかっています。リク王子を傀儡として、この国を裏で操りたかったのでしょう？」

「それは……よくわかっているじゃないか」

ようやく、本性を見せてくれた。

これまで見せたことがないほど、いやらしい笑みを浮かべている。

「さすが騎士王、行動が早い。まさかリク王子の計画に気づかれるとは思わなかった。お前も関係しているのだろう？　イレイナ」

「……だとしたら？」

「もちろん、許してはおけないな。父親の邪魔をする娘など存在してはならない」

「……」

本心からそう思っているのだろう。

ルストロール家に貢献していたお姉様でさえ、捨て駒のように洗脳して利用した人だ。この人に、家族愛なんて存在しない。

お姉様に優しくしていたのも、魔法を使わずに自らの傀儡とするためだったのかもしれない。だとしたら……。

「最低ですね、お父様」

「そういうお前は災難だったな。どうやらあまり信用されていないらしい。ここに一人で来たということは、騎士団もまだ私の真意を掴みかねている、ということだろう？　ならば話は早い。お前をここで洗脳し、全ての罪をお前に被せれば解決だ」

お父様は魔法を展開する。この部屋にはすでに、他者を洗脳するための魔法が複数仕込まれている。お姉様も同じ方法で、会話をしながら洗脳したのだろう。

「――勘違いなさらないでください」

そんな仕掛けに、私が気づかないとでも思った？

こんなわかりやすくてチンケな仕掛けは、とっくに対策済みだ。

「――なっ！　私の魔法が拒絶されている？」

「同種の魔法をぶつけて、仕掛けられた魔法のコントロール権を拝借させていただきました」

「馬鹿な！　そんなことができるはずがない！」

「できるから、私はこうしてここに立っているのですよ？」

私は目の前で、お父様が仕掛けた魔法を全て破壊してみせる。

驚愕するお父様だけど、すぐ冷静になり反撃を試みようとした。

さすがだ。でも、遅すぎる。すでに私は魔法を発動させており、お父様の身体を無数の影の手が拘束する。

「ぐっ……」

「私がここに一人で来たのは、私一人で十分だからです」

「イレイナ……き、貴様……」

「私に魔法で張り合おうなんて、千年早いですよ？　お父様」

私はお父様の額に触れる。そうして意識を刈り取り、お父様はだらんと脱力して気絶した。倒れたお父様を私は見下ろす。

「……はぁ、これでやっと……」

終わる。ルストロール家との関わりも。

本当の意味で、私はこの家を捨てたんだ。

エピローグ

「目標にしていた貴族たちは全員拘束できた。ルストロール家も含めてね？　君のおかげだよ」

「私はアスノト様のご命令に従ったまでです」

ある日の午後、私はアスノトから報告を受ける。中庭のテラスで紅茶を用意し、彼は一口飲んでホッとしたように安堵《あんど》する。

「みんな無事でよかったよ。これで一先ず、王城内にいた敵対勢力はいなくなったはずだ。だが安心はできない。彼らの根はもっと深い。今後も調査を続けていくつもりだよ」

「そうですか……」

お父様は投獄され、お姉様は入院している。

お姉様の洗脳は解除したけど、どうやら精神的にかなり疲弊しているようだった。

心が安定するまでは、しばらく入院することになる。具体的な調査はそれからだそうだ。

彼女は傀儡になっていただけだとは思うけど、どんな理由であれ、他人に刃を向けた事実は残る。そして、お父様が罪人となったことで、ルストロール家は爵位、財産を全て失った。つまり彼女も、貴族ではなくなってしまった。

「これからが大変よ、お姉様」

私は自分にしか聞こえない声で呟いた。

多少の同情はある。けれど、お姉様にはいい薬だとも思っていた。

彼女は権力を持つと、それに振り回されて最終的には痛い目を見る。

そういうタイプの人間だと思うから。これを機に、人生の新しいスタートを切ってくれたらいい。

「イレイナ、少しいいか？」

「はい？　なんでしょうか？」

「……嘘偽りなく答えてほしい。君は……俺のことをどう思っている？」

「――？」

唐突な質問に、思わずドキッとする。

彼は真剣だった。まっすぐ私を見つめている。

「どう……とは？」

「俺は君とこの先も歩んでいきたい。君のことを心から愛している。この気持ちに変わりはない。むしろ強くなったとすら感じる。君はどうなんだ？　その気持ちに変化はあったのか？」

「……どうして今、それを聞かれるのですか？」

私は質問から逃げるように聞き返す。

アスノトは答える。

「ルストロール家は消滅した。彼らが所有していた財産は全て、一度王国が没収し、君に与えられたはずだ。リク王子が、君への報酬としてね」

そう、私はルストロール家の財産をすべて相続している。

私が知らぬ間に、リク王子が勝手にそうなるように手続きしたそうだ。そういうわけで、今の私は侍女でありながら、貴族と同等の資金力を持っている。

「一生遊んで暮らすことができる大金を、君は持っている。君がその気なら、ここを出て行くことだってできる」

「……」

「俺は君が大切だ。君と一緒にいたいと心から思う。けれど、君の幸せがもしも、ここより外にあるのなら、俺は止めない」

「アスノト様……」

初めて出会った時は、私が逃げ出しても絶対に追いかけると宣言していた彼が……。

自分の幸せではなく、私の幸せを第一に考えている。

「君と出会って、関わって、いろいろなことがあった。最初はただ、君がほしいから婚約したいと思っていたんだ。でも今は少し違う。君を幸せにしたい。いいや、君と幸せを掴みたい。何より君が幸せになってほしい。そのために俺が邪魔なら、喜んで身を引こう」

そう言って彼は笑う。今まで見せたことがないほど切ない笑顔だった。

私は胸が締め付けられる。

「私は……」

「君の意思を、聞かせてほしいんだ」

彼は唇を噛《か》みしめて、本心を我慢しているのがバレバレだ。

嘘が似合わない。本当は一緒にいたい。離したくないと思っている……思ってくれている。

それがわかって、ホッとしている自分がいた。

「本当に……お優しいですね」

「イレイナ」

「あなたがそんな方でなければ、私も変わらなかったかもしれません」

私は振り返る。

人生を。一度目と、二度目を。

「私はずっと一人でした。一人で生きていくことを望んでいました。そのほうが安心できる。誰かと一緒にいても、いつ裏切られるかわからない。だったら一人のほうが……そう思っていたんです。でも……」

いつからだろう？

彼ならば、私の窮地に駆け付けてくれると思うようになったのは。

不安で眠れない夜も、知らぬ間になくなっていた。彼が傍にいると、安心するようになっていた。

そう、私は彼を……信じていた。

「私の願いは平穏です。いつも思い描いています。のどかな場所で、穏やかに暮らす光景を……そこには……いつの間にか私以外にも一人、一緒に笑っていたんです」

「それは――」

「本当に困った人ですね。私の理想にまで入ってきてしまうなんて。おかげで、あなたと一緒にいる未来を悪くないと思うようになってしまいました」

「イレイナ……君の笑顔、初めて見た気がするよ」

無意識に、私は笑っていた。取り繕うような笑顔ではなく、心から作り出された本物の表情を。

思えば初めてかもしれない。本心から、幸福で笑ったのは。

「その笑顔を、どうか俺に守らせてくれ。この先もずっと」

「相変わらず格好いいセリフを堂々と言う人ですね」

「格好つけたいからな。君の前では」

「十分に格好いいですよ。今のままでも……」

アスノトが私の手をとり、優しく引き寄せる。彼の胸は大きくて、広くて、安心する。ここが自分の居場所であると、教えてくれる。

「さっきの言葉、婚約の返事として受け取っていいのかな？」

「――ダメですよ、今はまだ……私はただの侍女です」

この国には地位があり、立場がある。想いだけでも、地位だけでも釣り合わない。

どちらも手に入れてようやく、私たちが求める理想は手に入る。だから当分、私は侍女のままだろう。

それでもいつか必ず――

「私が侍女だったと、言えるようにしてくださいね？　アスノト様」

「ああ、するとも。俺も君を、世界で一番大切な人だと、世界中に伝えられるように」

「それは恥ずかしいのでやめてください」

「大きいってことだよ。それくらい、俺の気持ちは」

前世の私は、誰かのために生きて、結局何も得られなかった。

だから誓った。今世は自分のために生きる。

目立たず、力を隠して、平穏に生きる。予想通りにはいかない。

人生とは難しく、劇的で、まばゆい。

辛いことも、苦しいこともたくさんある。

それでも、たった一つの素敵な出会いが、灰色だった空を七色に染め上げる。

彼と出会ってしまったことで、私の人生は色づいた。

私はただの侍女です。

それが嘘になる日も、遠くはないだろう。

＜初出＞
本書は、「小説家になろう」に掲載された『【WEB版】私はただの侍女ですので（大嘘）～ひっそり暮らしたいのに公爵騎士様が逃がしてくれません～』を加筆・修正したものです。
※「小説家になろう」は株式会社ヒナプロジェクトの登録商標です。

メディアワークス文庫

私《わたし》はただの侍女《じじょ》ですので

ひっそり暮《く》らしたいのに、騎士王様《きしおうさま》が逃《に》がしてくれません

日之影《ひのかげ》ソラ

2024年2月25日　初版発行

発行者　山下直久
発行　株式会社KADOKAWA
〒102-8177　東京都千代田区富士見2-13-3
0570-002-301（ナビダイヤル）
装丁者　渡辺宏一（有限会社ニイナナニイゴオ）
印刷　株式会社暁印刷
製本　株式会社暁印刷

Printed in Japan
ISBN978-4-04-915472-6 C0193

メディアワークス文庫　https://mwbunko.com/

本書に対するご意見、ご感想をお寄せください。

あて先
〒102-8177　東京都千代田区富士見2-13-3
メディアワークス文庫編集部
「日之影ソラ先生」係